最美文
Zui Meiwen
华语心灵畅销佳作
Zui Meiwen

U0921482

最美文
Zui Meiwen

点亮自己
你就是一束光

一路开花　陈晓辉 / 主编

煤炭工业出版社
·北　京·

图书在版编目（CIP）数据

点亮自己　你就是一束光／一路开花，陈晓辉主编．
--北京：煤炭工业出版社，2016（2023.1 重印）
（最美文）
ISBN 978-7-5020-5442-7

Ⅰ.①点…　Ⅱ.①一…　②陈…　Ⅲ.①散文集—中国—当代　Ⅳ.①I267

中国版本图书馆 CIP 数据核字(2016)第 181170 号

点亮自己　你就是一束光

主　　编　一路开花　陈晓辉
责任编辑　马明仁
编　　辑　郭浩亮
封面设计　宋双成

出版发行　煤炭工业出版社（北京市朝阳区芍药居 35 号　100029）
电　　话　010-84657898（总编室）
010-64018321（发行部）　010-84657880（读者服务部）
电子信箱　cciph612@126.com
网　　址　www.cciph.com.cn
印　　刷　北京飞达印刷有限责任公司
经　　销　全国新华书店

开　　本　710mm×1000mm 1/16　**印张**　14　**字数**　200 千字
版　　次　2016 年 9 月第 1 版　2023 年 1 月第 6 次印刷
社内编号　8305　**定价**　46.00 元

目录

CONTENTS

第一辑 远离的门

第二辑 那些暖，无声流淌

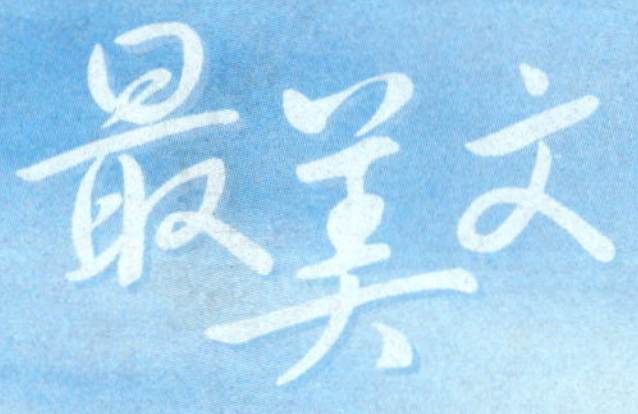

第三辑 原谅愚笨的爱

第四辑 那些流淌在岁月里的"私人定制"

第五辑　月亮的光芒

第六辑　八百里地尽孝心

最美文

第一辑

远离的门

可是，无论怎样的时过境迁，那扇绿色的门都将永恒地存在于我的记忆中。尽管父亲已经不在人世，可是推开那扇记忆的门，屋里有父亲的身影，有我们点点滴滴的往事。那炒菜的香味，阵阵飘来……

Zui Meiwen

妈妈的手

文 / 琦君

忙完了一天的家务，感到手臂一阵阵的酸痛，靠在椅子里，一边看报，一边用右手捶着自己的左肩膀。儿子就坐在我身边，他全神贯注在电视的荧光幕上，何曾注意到我。我说："替我捶几下吧！

"几下呢？"他问我。

"随你的便。"我生气地说。

"好，50 下，你得给我五毛钱。"

于是他举拳在我肩上像擂鼓似的捶着，嘴里数着"一，二，三，四，五……"像放连珠炮，不到十秒钟，已满 50 下，把手掌一伸："五毛钱。"

我笑着骂他："你这样也值五毛钱吗？免了、免了，五分钱我也不能给你，我不要你觉得挣钱是这样容易的事。尤其是给长辈做一点点事，不能老是要报酬。"

他噘着嘴走了。我叹了口气，想想这一代的孩子，再也不同于上一代了。要他们鞠躬如也地对长辈杖履追随，已经是不可能的事。所以，作为 20 世纪 70 年代的中老年人，第一是身体健康，吃得下、睡得着、做得动、跑得快，不要事事倚仗小辈。不然的话，你会感到无限的孤单、寂寞、失望、悲哀。

我却又想起，自己当年可曾尽一日做儿女的孝心？

从我有记忆开始，母亲的一双手就粗糙多骨的。她整日地忙碌，从厨房忙到稻田，从父亲的一日三餐照顾到孩子们，一双放大的小脚没有停过。手上满是裂痕，西风起了，裂痕张开红红的小嘴。

有时疼得皱下眉，却从不停止干活。洗涮完毕，喂完了猪，这才用木盆子打一盆滚烫的热水，把双手浸在里面，浸好久好久，脸上挂着满足的笑，这就是她最大的享受。

泡够了，拿起来，拉起青布围裙擦干。抹的可没有像现在这样讲究的化装水、保养霜，她抹的是她认为最好的滋润膏——鸡油。然后坐在吱吱咯咯的竹椅里，就着菜油灯，眯起近视眼，看她的《花名宝卷》。

这是她一天里最悠闲的时刻。微弱而摇晃的菜油灯、黄黄的纸片上细细麻麻的小字，对她来说实在是非常吃力。我有时问她："妈，你为什么不点洋油灯呢？"她摇摇头说："太贵了。"

我又说："那你为什么不去爸爸书房里照着明亮的洋油灯看书呢？"她更摇摇头说："你爸爸和朋友们作诗谈学问。我只是看小书消遣，怎么好去打搅他们。"

她永远把最好的享受让给爸爸，给他安排最清净舒适的环境，自己在背地里忙个没完，从未听她发出过一声怨言。

四十年岁月如梦一般消逝，浮现在泪光中的是母亲憔悴的容颜与坚忍的眼神。今天，我也到了母亲那时的年龄，在多方面难以兼顾之下，便不免变得脾气暴躁，再也不会有母亲那样的容忍，终日和颜悦色地对待家人了。

有一次，我在洗碗，儿子说："妈妈，你手背上的筋一根根的，就像地图上的河流。"他真会形容，我停下洗碗的手，摸摸手背，可不是一根根隆起，显得又瘦又老。

这双手曾经是软软、细细、白白的，从什么时候开始，它变得这么难看了呢？我的手已经不像五年前、十年前那样的了。抹上什么露什么霜也无法使它们丰润如少女的手了。不免想，为什么让自己老得这么快？为什么不雇个女工，给自己多点休息的时间，保养一下皮肤，让自己看起来年轻些？

可是每当我在厨房炒菜，丈夫下班回来，一进门就夸一声“好香啊”！孩子放下书包，就跑进厨房喊“妈妈，今晚有什么好菜，我肚子饿得咕咕直叫”。我就把一盘盘热腾腾的饭菜捧上饭桌，看父子俩吃得津津有味，那一份满足与快乐从心底涌上来，一双手再粗糙点，又算得了什么呢？

有一次，我切肉不小心割破了手，父子俩连忙为我敷药膏包扎，还轮流洗盘碗，我应该感到很满足了。

想想母亲那时，一切都只有她一个人忙，割破手指，流再多的血，她也不会喊出声来。累累的刀痕，谁又注意到了？那些刀痕，不仅留在她手上，也戳在她心上，她难言的隐痛是我幼小的心灵所不能了解的。

我生病，母亲用手揉着我滚烫的额角，按摩我酸痛的四肢，我梦中都拉着她的手不放——那双粗糙而温柔的手啊！

周星驰的第一场戏

文 / 朱国勇

世界上的一切光荣和骄傲，都来自母亲。

——高尔基

母亲与父亲离异那一年，周星驰才七岁。他和姐姐周文姬、妹妹周星霞一同判给了母亲凌宝儿。在 1968 年的香港，一个女人带着三个孩子讨生活，其艰难可想而知。为了维持生活，凌宝儿一个人打了两份工。令她欣慰的是，孩子们都特别乖巧懂事，尤其是周星驰，成绩十分优秀，最得凌宝儿钟爱。

只有一件事，让凌宝儿烦心。

三个孩子都正是长身体的时候，所以不管多么困难，每个星期，凌宝儿都要称点肉或买尾鱼给孩子们加餐。或许是平时太娇惯了，或许是难得吃上一回鱼、肉，菜一上桌，周星驰就把菜端到自己的身边，专拣好的吃。姐姐妹妹却懂事得很，从不和他争。但是周星驰的饭量很小，吃了两块就吃不下去了。然后，他就开始胡闹，总还要捡两块，放到嘴里嚼两下，再吐到碟子里。他嚼过了的，姐姐妹妹哪还肯吃啊！为了不浪费，凌宝儿只好自己吃。

为这事，凌宝儿没少批评周星驰，但是一点作用都没有。好在周星驰别的方面表现都很好，日子久了，凌宝儿就随他去了。小孩子嘛，哪有不顽皮的呢？

可是有一次，凌宝儿真的生气了，狠狠地教训了周星驰一顿。

那一次，凌宝儿两个月没发工资了，好不容易从娘家弄来了一些钱，买了几只鸡腿，烧得金黄喷香。菜刚上桌，周星驰就小猴儿似的爬上来，用手抓起一只鸡腿就啃，还一边冲着姐姐妹妹做鬼脸。一不小心，手一滑，鸡腿掉地上了，沾满了尘土，落在一摊鸡屎旁边。凌宝儿又是生气又是心疼，买这几只鸡腿容易吗？再想想周星驰平时的顽皮表现，凌宝儿决定这次要好好教训他。她取过一根桑树条，狠狠地抽了周星驰十几下：“让你顽皮，让你不知道珍惜？”直到周文姬与周星霞扑过来把周星驰护在身体下面，凌宝儿才放下桑树条，搂着三个孩子抱头痛哭。

哭了好一会儿，才又开始吃饭。凌宝儿把鸡腿捡了起来，舍不得扔，就用开水冲洗一下，自己吃了。

那天晚上，凌宝儿抚着周星驰身上的伤痕：“还疼吗？”

“不疼了。”

“下次还调皮吗？”

黑暗中，周星驰的眼睛十分明亮，他“嘻嘻”地笑着：“睡吧，妈。我明天还要上课呢。”

2001年，周星驰、凌宝儿做客凤凰卫视时，又说起了这件往事。

“是的，那时他可是真顽皮啊，全不知道这饭菜来得多不容易，一点也不珍惜。”凌宝儿笑容慈祥。

“不，妈妈，我懂得珍惜。”周星驰接过话茬儿，声音开始哽咽，“您想想，我要是不把鸡腿弄到地上，您会舍得吃吗？那几年里，有什么好吃的，您全给了我们姐弟三人，您成天就吃咸菜啊！于是我们才想出这个办法，我把几块肉嚼得不像样后，姐姐和妹妹就有借口不吃了。只有这样，您才会吃啊！”

听完这话，凌宝儿情绪变得激动起来：“其实，我早该想到。你样样乖巧懂事，怎么偏偏吃饭这么顽皮呢？”凌宝儿哽咽着掏出手帕擦眼睛。

周星驰挂着两行泪水满面微笑。在亿万电视观众面前，这对母子抱在了一起。无数的观众也在这一刻，流下泪来。

虽然周星驰演戏无数，精品众多，但是我要说，他最好的戏，是在七岁那年，演绎的是一份血浓于水、骨肉连心的挚爱亲情。唯一的观众，是他的母亲。

载于《读者》

没有无私的、自我牺牲的母爱的帮助，孩子的心灵将是一片荒漠。有这样一个忘我牺牲的模范母亲，我们又怎能不做一个好孩子呢？

这些都不是理由

文 / 庐江布衣

世界上其他一切都是假的、空的，唯有母爱才是真的、永恒的、不灭的。

——印度谚语

2004 年 4 月的一天傍晚，美国总统小布什的电话响了。电话是小布什的母亲芭芭拉·布什打来的。芭芭拉·布什的腿疾又犯了，正在得克萨斯州的医院里接受治疗。但是芭芭拉·布什的心情好像还不错，她爽朗地说着:“没事，一点小毛病，过几天就好了。你别担心我，工作才是最重要的，孩子。”

刚挂上母亲的电话，小布什的手机又响了，这回是父亲老布什打来的。老布什的语调显得遥远而深沉：“有空的时候，回来看看你母亲吧，她需要你。”

小布什说：“会的，等忙完这阵子，我就回来看您和母亲。您知道的，我最近真的抽不开身。议会正在为伊拉克的问题争论不休、非洲的援助基金也出了问题，还有阿富汗也颇为棘手、更重要的是反对党的那些家伙，总是暗暗拆我的台……”

“其实，这些都不是理由。”老布什语调幽幽的，说完就挂了电话。

小布什苦笑了一声，又投入紧张的工作。

过了一会儿，小布什收到了一条短信，是老布什发来的：“你八岁那年，有一天夜里下着大雨，你发烧了。你母亲当时正在几十公里外的农场里。她赶回来看你，汽车在半路抛了锚。我让她找个旅馆休息，第二天再回来。可是，你母亲在风雨中步行了三个多小时，夜里十一点终于回到了家里；还有，你十岁那年，我正在非洲访问，你打来电话说，爸爸，你答应陪我过生日的。于是，我中断了访问，回来陪你过生日，因为答应你的我一定会做到。我说这么多，其实只是想告诉你，在爱与责任面前，所有的忙碌与阻碍，都不能成为理由！”

看着看着，小布什满心愧疚。这几年，自己一直忙于工作，总是没有时间去陪伴父母。但是自己却心安理得，并不觉得有丝毫亏欠。可是父母，他们总会在自己最需要的时候，出现在自己的身边，他们从来没有任何借口与托词。

小布什简单地安排了一下工作，然后就带着夫人与两个女儿，坐上了专机，飞往得克萨斯。当天晚上九点四十分，小布什满脸微笑地出现在了母亲芭芭拉·布什的病床前。芭芭拉·布什看着小布什与劳拉，双手拉着两个乖巧的孙女，灿烂地笑了。笑着笑着，芭芭拉·布什两眼就湿润了。

老布什沉静地站在窗外，一边抽着雪茄，一边朝着小布什竖起了大拇指。

第二天下午，小布什一家辞别父母回到了华盛顿。因为是私人活动，小布什将要为此承担 10.8 万美元的专机使用费，相当于小布什半年的工资，但是，小布什说它值得!

一个人，无论他是平凡还是尊贵，在父母面前，他永远都是一个孩子。在父母需要的时候陪伴在父母的身边，这是每一个孩子应尽的义务。

譬如忙碌，譬如生活与经济的压力，譬如时间的仓促与空间的阻隔，这些我们自认为十分充分的理由，在亲情与责任面前，其实根本不能称为理由！

载于《读者》

不要让亲情在熙熙攘攘的现代社会变革中越来越脆弱地面对冲击，至少我们可以从自我做起，不给自己留下遗憾，俗话说“树欲静而风不止，子欲养而亲不待”。趁现在双亲俱在，为自己的双亲送上一份不算奢侈的温馨问候吧！

最后一根蜡烛

文/李兴海

我的生命是从睁开眼睛，爱上我母亲的面孔开始的。

——乔治·艾略特

当我因公被调配到这家医院时，我从医已将近十年了。十年的医学生涯，让我在众多的生死和病痛中逐渐拥有了异于常人的领悟。

这个大约十五六岁、一脸忧郁的男孩是在一个周末的清早被母亲送进来的。深夜，他咆哮式地和母亲说话，惹得我和一帮病人急急入内观望后，才知道他的眼睛是在不久前的毕业晚会上弄伤的。原因是他的母亲自作主张地给当晚有节目的他买了一双新鞋。新鞋的防滑效果并不好，所以在舞蹈的过程中他失足从台上重重地摔了下来，眼眶恰巧碰到了桌角上。我能想象，那一撞是无法消减掉跌落的重力的，于是，只能依旧的向下，所以，他的两只眼睛应该都受伤了。

男孩的声音开始逐渐地弱了下来，带着哭腔。我能理解，对于一个十五六岁的孩子来说，光明可能是他的全部。

此时，他的母亲像是一个无助的孩子，一言不发地站在角落里，泪流满面地听着他说话。

“你好，我是这里的医生。对于眼科，我已经有十几年的经验，我有把握能把你的眼睛治好，并且不会留下伤疤。”我只能暂时这么安抚着情绪激动的他，让他有一个良好的心态接受治疗。而对于是否能真正的不留一点伤疤，我并没有十足的把握。

“真的吗？医生，这是真的吗？叔叔，你一定要把我的眼睛治好，我不想变成瞎子。”他情绪显然非常激动，认为我是他唯一的救命稻草，朝着我声音发出的位置慢慢地挪动着。最后，终于抓住了我的手。

“是的，但是你要保持良好的心态，我需要你的配合，这个手术才有可能顺利进行，知道吗？”说完，我拍了拍他略微有些颤抖的双手。他一边不停地对我说，他相信我的医术，一定会好好配合我的工作，一边不停地说着谢谢。

后来，我成了唯一能说服这个倔强男孩的医生。如我所愿，手术非常顺利，可尽管如此，他还是难以原谅他的母亲。为了避免细菌感染，手术后我还是照旧给他缠上了纱布。并且建议他不要在强光下逗留太久。

当夜，为了庆祝他的手术成功，班上所有的同学都打算来病房看他。我能理解，这一面之后，将是海角天涯。所以，除了叫他们安静一点之外，我并没有多说话。

不知道是谁想出来的主意：当夜，全班同学齐齐来到病房，每人手里都捧着一支蜡烛。为了避免强光照射而把电灯关闭的黑暗病房里，瞬时红光闪耀起来。

他们开始回忆温暖的往事，畅想自己的未来。可最后，还是依然阻挡不了别离的伤感。他们相约，在各自的蜡烛上用笔画出自己的名字，谁走了，就吹灭一支蜡烛，然后把这些载有光明的残体留下，送给这位男孩。

我知道，此时的他已经能够透过纱布隐约看到这些昏红的光亮了。猛然，其中的一支蜡烛灭了，人群里的声音也忽然相应着像是被刀切般暂停了一秒。紧接着，大半的蜡烛开始相继熄灭，整个病房里也瞬时暗淡了下来。男孩努力地清了清嗓子，声音有些哽咽。

最后，所有的蜡烛都熄灭了，只有那么一支在黑暗中强韧地散发着光亮。男孩一边不断地猜测着捧着这支蜡烛的朋友是谁，一边埋怨着自己的母亲。

“凯丽，是你吗？是你吗？我知道是你。呵呵，想当初，我还悄悄暗恋过你呢。”说到这儿，男孩的声音忽然微弱了下来，带着一点点羞涩。

那一夜，烛光和男孩的倾诉一夜未断。一直到清早，男孩才疲倦地沉沉睡去。可没多久就醒了过来，吵着要我帮他解开纱布。然后急急搜寻满地长短不一的蜡烛，一一数出。

忽然，他顿住了，因为凯丽的蜡烛是最长的，这说明她是第一个走掉的。那么，最后一根多出的蜡烛是谁捧的呢？

隔壁的病床上，安然躺着的是男孩的母亲，手中握着一支没有名字的粗壮的蜡烛。手背上，几道鲜红的印记，俨然是被蜡油烫出来的。我仿佛还能清晰地看到，昨夜她的母亲手握一支粗壮的蜡烛，蜡滴滚落在手也不忍一动的场景。

男孩将被子挪到熟睡的母亲身上，独自走到了窗边。我想，此时的他和我一样都忽然明白了——能在茫茫黑暗中执意坚守，并不顾一切曲解为我们捧起最后一支蜡烛的人，只会是母亲。

载于《意林》

母亲的心是一片大海，在它的最深处我们总会得到宽恕。青春会逝去；爱情会枯萎；友谊的绿叶也会凋零。而一个母亲内心赤诚的爱比它们都要长久。有一颗星星永远闪亮，那便是母爱。

快递给母亲的爱

文 / 王晓宇

母爱不仅仅是指母亲对孩子的爱，也包含孩子对母亲的爱。

——穆尼尔纳素夫

和朋友小令一起去逛街。她拉着我去副食品商场，左挑右选，最后买了一斤大枣，然后出了门拐进旁边的邮局，把那一斤大枣郑重其事地快递给了老妈。

我笑骂，你脑子进水了？买一斤大枣才几个钱？可是让邮局快递过去，少说也得 20 多块钱吧？你算得是什么蒙古账啊？用脚指头扒拉几下都知道不合算，真不知道你怎么想的。

她笑，说，什么合算不合算的，我就是想让老妈高兴一点。我爸和我妈退休工资挺高的，什么都不缺，缺的就是女儿在膝下承欢。我大学毕业跟着那个人跑到了现在这个城市。爸妈就我这一个女儿，他们远在家乡，身边没人照顾，很孤单，所以我时常快递点小礼物给父母，也好让老爸老妈知道：女儿没有忘记他们，时刻记挂着他们，永远爱他们。

平常，我觉得小令是个大大咧咧的女孩，什么事情都不放在心上，想不到却是心细如发：虽然她和父母远隔异地，却能用快递这种方式，把亲情的纽带联系起来。

她给父母快递过很多东西，过年过节自不必说，就是平常日子，不管想起什么，随时随地就给老妈快递过去，就算是出门旅行，她也会买些特产给父母快递过去。

她曾经给老妈专门快递过一把木梳，甚至还专门快递过一瓶擦脸油，还有一些不值什么钱的好玩儿的小腕饰。她的老妈曾给她打电话，告诉她别再寄那些小物件了，又麻烦又费钱。她淘气地回老妈，你想要什么大物件啊？价值连城的翡翠啊、古董啊什么的，我可买不起。老妈笑骂，你又带孩子，又要上班，我还不是为你着想，怕你麻烦吗？

小令说，我不怕麻烦，真的不怕，每次想到老妈收到我的礼物时快乐得像个孩子一样，我就很开心了。她常说，父母老了，天伦之乐对于他们来说很重要，等我有钱了，买了属于自己的房子，一定会把他们接到身边。

毋庸置疑，小令是一个孝顺的乖女儿。

我想起，自己的父母，我和父母生活在同一个城市，从来没有给父母快递过礼物。周末，过年过节，都会跑到家里看老妈。可是对于那些远离父母的人们，快递也未尝不是一个好办法。

亲情需要互动，亲情需要载体，父母不会计较礼物的大小、礼物的多少，父母在意的是儿女心里有他们。

载于《读者》

孩子和母亲之间溢着深深的、真切的、无尽的爱。这种爱才是孩子和母亲永恒的精神支柱，我们体贴老人，要像对待孩子一样。

远离的门

文 / 林玉椿

父亲，应该是一个气度宽大的朋友。

——狄更斯

读高中的时候，我到县城跟父亲住在了一起，结束了初中时的住校生活。

每天，我都骑着一辆破旧的自行车，像一只飞翔的小鸟，飞快地从学校往家里赶。

穿越那条不算拥挤的街，扑鼻而来的便是那股浓浓的大院气息。再拐过几个弯，叮叮咚咚地走上楼，出现在面前的便是那扇门——那扇绿色的门。

记不清我曾多少次把钥匙插入，把这扇门开启。推开门，总是看到父亲那略带羞涩的脸和充满关爱的眼神。

父亲一直在一座美丽的山水城市工作，远离家乡；我则从小在乡下的老家长大，和母亲生活在一起。父亲一年到头很少回家，一直以来，我对父亲的印象并不深。对于我来说，父亲更像是一个抽象的符号。

后来，父亲回到了县城，我就读高中后与他住在了一起，他似乎找到了弥补曾与我多年两地分离的机会，每天都会做很香很美味的菜肴给我吃，每隔一段时间，都会给我足够的零花钱。

可是，由于初中的叛逆，我丢失了小学时的骄傲，我考上的这所高中，是全县最差的一所高中。在这所学校读高中，能实现上大学梦想的人少之又少，想考上本科，简直是天方夜谭。于是，我也成了学校里失望的学子之一。

我每天过着浑浑噩噩的日子，做一天和尚敲一天钟，不但上课不听课，而且经常不上晚自习，在街上玩到很晚才回家。我的学习成绩一直是班上倒数几名。

那个夜晚我仍然晚归了。我轻轻地取出钥匙开门，想尽量悄无声息地进去。但我停住了。我听到母亲的声音，那声音带着伤感，带着无奈："本以为他能圆了我们望子成龙的梦，现在看，希望真是渺茫，他的前途实在是令人担心呢。"

父亲深深地叹息一声，说："可惜这孩子，初中学坏了。多好的一棵苗子，看来就这样毁了。还能想着有什么前途？不打架惹事，平平安安就是万幸了。只是，确实——将来怎么办？"

紧接着，屋里变成了一片寂静。虽然隔着这道门，我却能感受到屋里压抑的气氛，能感觉到两张沧桑面孔上的忧愁。

我的心灵被深深地震撼了，我想起往日父亲时常强装的高兴和母亲时常忧郁的眼神。原来，他们一直还对我寄予着希望，一直盼望着我能醒悟。从小我就是一个自负而倔强的孩子，他们很少骂我，或者说不太敢骂我。对我的期望，全部深深地隐藏在他们的内心中，或者在偶尔的唠叨中，只是我一直没有觉察，也许也是一直故意躲避。

我难受极了，没有立即就进门去。我一个人游荡在那条冷清的街道上，午夜的灯光照射着我孤独的身影，将我的影子拉得好长好长，仿佛在用力扯痛我的灵魂，想唤醒我那颗沉睡的心灵。于是，我内心中所有的无所谓都消失殆尽，变得彷徨而纠结。

那天晚上，我想了很多很多。

当我带着一身疲惫回到家门口时，门却打开了，我看见了母亲那双红红的眼睛和脸上残留的泪痕。她尽量遮掩自己复杂的表情，只是轻轻地说：“夜深了，回房睡吧，明天还要上课呢。”我走进屋里，偷偷地瞄向父亲，他的脸上仍然挂着勉强的微笑。

回到房间，关上房门，我的泪水再也忍不住哗哗地流了下来，浸湿了我的枕巾。

母亲回乡下后，父亲仍然一如既往地每餐煮美味佳肴给我吃，每隔一段时间就给我足够的零花钱。他对我，仍然是小心翼翼地笑着。

只是从此，我的房间里多了一盏深夜不熄的灯。

我的学习成绩迅速从倒数第五名跃到了正数第五名，又从正数第五名跃到了全班第一名，并且从此不论大考小考一直保持在第一名。

我成了我们学校那群文科学子中唯一的本科生。

我终于要远离那扇门去走我的求学路了。父亲和母亲要送我去那个我从未到过的城市。父亲将我的行李提了出来，母亲跟在后面，轻轻地掩上了那扇绿色的门。我忍不住回头看了两眼，那扇沉默的门在刹那间似乎凝满了深情……

日复一日，年复一年，忙碌的大学学习生活，然后是忙碌的在外工作，岁月的流水逐渐冲淡了许多回忆，但那扇门却依然经常闪现在我的眼前。

每次回家，推开那扇绿色的门，总有一张最熟悉的面孔和一双充满慈爱的眼睛等着我。那张面孔上呈现出真诚的笑容。

就这样，一年又一年过去。那扇绿色的门已经很旧了。这时候的我，想到那扇门，脸上温暖地微笑着，眼泪却总是不由自主地淌下来。因为我知道推开那扇门，我再也看不到那张熟悉的脸——在我工作数年之后，父亲因为绝症去世了。

可是，无论怎样的时过境迁，那扇绿色的门都将永恒地存在于我的记忆中。尽管父亲已经不在人世，可是推开那扇记忆的门，屋里有父亲的身影、有我们点点滴滴的往事。那炒菜的香味，阵阵飘来……

那是一扇绿色的门。

父亲已经不住那儿。

锁已经换了。

可是，我一直保留着那把回家的钥匙。

载于《青年文摘》

父爱是一缕阳光，让你的心灵即使在寒冷的冬天也能感到温暖如春，父爱同母爱一样的无私，他不求回报；父爱是一种默默无闻、寓于无形之中的一种感情，只有长大以后人才能体会。

父亲的山歌

文 / 卓然客

父亲可以牺牲自己的一切，包括自己的生命。

——达·芬奇

父亲是个壮实的汉子。小时候，与父亲相处的时间总是很少。因为，父亲在二十里的山场砸石头。日薄西山，父亲才在夕阳中大踏着步子回到家。回家后第一件事就是抱起我，再提起水桶扁担，大踏步去池塘边挑水。

挑着一担水，一只手扶着扁担，另一只手很轻巧地抱着我。有一句没一句地逗着我。月亮慢慢从东方升起，映在水桶里，一晃一晃地闪着明光。我看到父亲的头额上，亮晶晶的，又细又密的一层汗珠。

父亲是唱山歌的好手，只是一般不唱给我们听。

山场离家远，每天天不亮，父亲和大伯就出发了。边走，父亲边唱。那时，村庄还是寂静的，歌声在辽阔的夜色中，传得很远很远。“哥哥三月下巢州，妹妹守在村子口。不怪哥哥心眼狠，只怪家里没了粥……”父亲唱得顿挫悠扬，粗犷处又透着一股苍凉。最耐听的就是那个尾音，千回百转，若断若续，眼看就要岑寂下去，忽地一滑，又渐渐明亮起来。

歌声在夜色中飘，越去越远。一首歌唱完，那音调就渐渐恍惚起来，最终寂不可闻。说明父亲已经走远了。每当此时，母亲便从窗口那边扭过身来，用手抱着我。我眼一合，一会儿就又睡着了。

后来我上了中学，冬日里，天不亮就要出发。每天早晨，我就和父亲一同出发，父亲总是沉默着。我是多么希望父亲能唱几句山歌啊。但是我不敢央求，对我，父亲一直是很严厉的。行到岔路口，父亲立在那儿，朦胧的天光中，看我走远了，他才转身出发。而山歌，便会在这时响起。“人家吃肉我吃油，人家穿丝我穿绸。不是娘家多有钱，而是哥哥赛过牛……”歌声优美深邃，在呼呼的风中透着微微的孤寒。我总会在一个田角立住，听着父亲的歌声越飘越远。天边，挂着鹅毛似的一钩月牙儿。映着荒芜的田野上，父亲灰灰细长的身影。直到父亲的歌声再不可闻，我才撒开腿向前跑去，再不跑，可就迟到了。

高二那年，父亲在山上抬石头时闪了腰。我看到父亲的身形明显佝偻了。在干冷的冬日早晨，父亲走几步就要咳一声。有时候不凑巧了，父亲就会一连串地咳个不停。在寂静的旷野，那咳声，有着惊心动魄的感觉。父亲佝偻着腰，低着头，使劲地咳，不住地咳。我不知所措地立在一旁，真担心父亲一不小心把五脏六腑一同咳了出来。半天，父亲才停止了咳嗽。抬起头看到我时，父亲明显地把腰一挺。行到岔路口，父亲径直走了，他不再等我走远他再走。若是等我，他就迟到了，他的脚力已明显不如以前了。

父亲的山歌声又响了起来，只是夹杂着声声咳嗽。“男人已经……咳……五十多，还要……咳咳……上山抬石头。不是有老又……有小，谁肯五更做马牛……咳咳咳咳……”父亲的歌声嘶哑而苍凉，在夜色中，飘得很远很远。他的歌声不再悠扬，再也没了当年的韵味。连那绕梁不绝的尾音也被抑制不住的声声咳嗽所代替。在惊人的一阵阵咳嗽声中，我泪流满面。

后来，我上了大学，离开了故乡。母亲来电话说，父亲为了给我攒学费，干活更勤了。“只是，”母亲迟疑着，“那咳嗽更严重了。”

突然，我泪流满面，恍然又看到了父亲佝偻的身影，听到了父亲那苍凉的山歌。“男人已经五十多，还要上山抬石头。不是有老又有小，谁肯五更做马牛……咳咳咳咳……”

载于《微型小说》

我们总是感念母爱的伟大、无私，常常忽略父亲为我们所做的一切。“父爱”这字眼是多么的平凡，但这种爱又是多么的不平凡。父爱，如大海般深沉，如春雨般润物无声。

爹的幸福很简单

文 / 积雪草

拥有思想的瞬间，是幸福的；拥有感受的快意，是幸福的；拥有父爱也是幸福的。

——琼瑶

爹来的时候，他正在洗脸刷牙换衣服打领带，司机在楼下等着，今天要开行业会议，他是主持者，不能迟到。

爹从门缝侧身挤进来，带着一股凉风，他把肩上的一袋地瓜轻轻地放到门厅的地砖上，洁净的地砖上立刻落上一层泥土，他看见有洁癖的妻子皱着眉头转身进了另外一间屋子。

他清了一下嗓子，说："爹。"

爹扎撒着两只手，有些喘，毕竟年岁不饶人，而且他知道，爹肯定没有坐电梯，而是扛着这袋地瓜，一口气从楼下扛到 11 楼。爹有些骄傲地说："今年雨水好，庄稼都丰收了，咱家的地瓜各个都有胖孩子的腿那么粗，又甜又起沙，多吃点，对身体有好处！"

他知道，地瓜的学名其实叫红薯，可是爹不知道。爹只知道每隔一段时间，便背一袋子地瓜从郊区送过来，看着他们收下，然后再心满意足的倒两遍车，赶回去。

为此妻子曾数次跟他提出抗议："告诉你爹，不要再往咱家送地瓜了，咱们也不吃，每次都堆在墙角，等着生芽，抽巴，坏掉，然后再背到楼下的垃圾桶里丢掉，浪费了东西不说，你不心疼你爹汗珠掉地摔八瓣，累得骨头都松散了，做那些无用功？”

爹坐在门边的茶几旁喝水，他停下打了一半领带的手，看着爹。爹赤脚穿一双胶鞋，裤脚挽得高高的，露出一截并不是十分健壮的小腿，胶鞋的边缘粘了一层泥土，而且胶鞋的前尖有些张嘴。爹不是十分讲究的人，但进城时总会换上一套干净的衣服，这次一定是走得太匆忙忘记了。

他张了张嘴，话到嘴边，又咽了回去。爹看他欲言又止的样子，嘿嘿笑了两声说：“你放心吃吧，没事，爹自己种的，保证没用化肥和农药，用的是农家肥，干净，绿色，别舍不得吃，吃完了，下次我再给你送。”

爹说得很大方，很豪情，可是他再也无法忍受，冲口而出：“爹，城里有卖的，早市、农贸市场到处都有，没几个钱，花 10 块钱能买一大堆，您老何必苦巴巴地一趟一趟背着地瓜往城里跑？您不嫌累啊？我们又吃不了多少，您老人家每次背来的地瓜，最后都进了垃圾箱……”

他说得冲动而忘情，回头看爹，发现爹面色铁青，呼吸急促，指着他大骂：“你小子有出息了？忘本了？不吃地瓜这种粗粮了？你忘记了你小时候，每次缠着我耍赖，爹，我再吃一个吧！”

那是物质贫乏的年代，和现在的多元化时代无法比拟。但是，此刻，他已无法和爹分辩这些，因为爹被他气得犯了心脏病。

他背着爹，从 11 楼到 1 楼，爹不是很沉，可能和爹每次背那些地瓜上 11 楼的重量差不多吧，背着爹的时候，他想起小时候的那些事，爹每次把蒸熟的地瓜分给他们姐弟几个吃，他自己不吃，他说他不喜欢吃，可是地瓜那么好吃，又甜又起沙，爹为什么不喜欢吃呢？

把爹送进医院的急诊室抢救，医生说不是心脏病，是急火攻心导致高血压，以后千万不能再生气了。

那天的行业会议，最终他没有去参加，就算是考核他的业务能力，影响升职也是没有办法的事，因为爹毕竟只有一个。他天天陪在病床边，给爹讲故事，给爹买好吃的，给爹洗脸擦手，可是，无论他怎样逗爹开心，爹始终一言不发。

无奈，他只好把爹送回乡下老家。爹一回到老家，就去田里看他的那些蔬菜和庄稼，像看他的孩子一样，眼神里写满慈爱，根本不搭理他。

娘说："儿子呀，别生你爹的气，在你爹的眼睛里，那些地瓜都是他的宝贝，没有什么东西能比得上，从春天开始，他就选最好的地瓜，放在暖炕上，用沙子培上，然后浇水，育秧苗，然后再一棵棵栽到地里，浇水，松土，锄草，喂肥，都选上好的农家肥，忙活整整一个夏天，然后把地瓜刨出来，选大小匀称的、红皮的地瓜给你留着，他说红皮的甜，起沙。"

他听娘讲爹和地瓜的故事，心中像被淋了雨一样，湿淋淋的难受，原来地瓜在爹的心目中是最好的东西，原来爹把他最好的东西送给了他，他却并不懂得珍惜，反而把爹的宝贝送进了垃圾箱。

他去田里找爹，爹正看着那些地瓜的秧苗发呆，他嗫嚅地说："爹，等我们把家里的地瓜吃完了，您再给我们送些吧！"爹的情绪果然被点燃了，瞬间快乐起来，爹很高亢地说："没问题，爹种得地瓜又甜又起沙。"

爹的幸福很简单，就是把他认为最好的东西送给他，而他又能快乐地收下。

载于《文苑》

我们往往不耐烦父母为我们所做的琐事，甚至觉得影响了我们的生活，我们却没有想过父母为我们做那些事的心情。

别在父母面前说老

文 / 积雪草

世界上有一种最美丽的声音，那便是母亲的呼唤。

——但丁

父亲一连打了好几次电话给我，问我这个周末有没有时间回家，说是有大事要商量。我一听有大事，那还了得？赶紧放下手中的事情回家，有什么事情能比父母的事情更重要？

回到家里才知道父亲的所谓大事，就是家中的热水器坏了，要买一个新的，所以想和我们商量买什么牌子的好。

换一个热水器居然成了父亲心目中的大事，我忽然觉得有一丝悲凉，从什么时候开始，父亲开始找我们商量事情了呢？家中有大事小情，父亲会总会叫上我们姐弟，大到买家用电器，人情往来，小到过年过节，需要买什么东西，准备什么食物，总要把我们姐弟一起电召回来，一起商量一下，再做定夺。

以前的父亲可不是这样的，家中的大小事情都是父亲拍板做主，无论是从小城市往大城市迁徙，无论是调动工作，还是婚嫁这样的大事，都是父亲一手操办，什么时候跟我们商量过？记得有一年，父亲去上海出差，回来时给我买了一件外套，价钱不菲，他怎么就不怕已经参加工作了的我不喜欢呢？他怎么就不怕大小不合适呢？父亲自作主张买了那件衣服，估计搁现在，他是无论如何再做不出那样的事情了。

那时候的父亲，意气风发，生杀决断，治家如烹小鲜，手到擒来，根本不在话下，哪里会瞻前顾后，左右观望？而现在，父亲什么事情都要依赖我们姐弟，就连买热水器这样的事情，也要把我们都叫回家，讨论一下。这件事情外延出来的结果，就是让我得出一个结论，那就是，父母都老了。

时光真是一个神奇的杀手，杀掉了父母的大好年华，同时也杀掉了我们的青春岁月，父母在变老，而我们也不例外。

心情不好的时候，消极沉沦的时候，总爱挂在嘴上的两个字就是“老了”。头发里发现一根白发，会对着镜子拔掉，一边拔一边说，真的老了。母亲笑着，说你看看我？我还没说老呢！

是的，母亲的头发已经白了大半，母亲不言老，我为什么要轻易言老？为人儿女，无论多大年龄，在父母跟前，都没有资格言老。

父母的年龄大了，儿女就是他们的主心骨，是他们的生活重心，是他们精神上的支撑，儿女若言老，将置父母于何地？

小区里有一个女人，50多岁的样子，天天早晨穿大红的运动服，在小区里打太极拳，跑步，做操，旺盛的生命力感染了很多人，远远地看着，比年轻人还有活力。

平常，她喜欢穿长靴，八分裤，围长丝巾，看上去比实际年龄年轻很多，别人都说她“装嫩”，她也不恼，说，本来我就不老，还用得着装嫩？至少我的心理年龄比你们都年轻，不信咱们比一比？

大家都笑，说她像“老顽童”。其实，她说得也有道理，年不年轻，心理因素也很重要，心不老，人就不老，这是很重要的心理暗示。

过了一段时间，看见她推着老母亲在小区的法桐树下散步，长长的丝巾在她的胸前飘啊飘的，老人满头白发，面容慈祥，两个人有一搭没一搭地说着话，间或她会停下来，俯下身去听老母亲说着什么，斯时斯刻，真的很美，像一幅画、像明信片上的风景一样美，温馨时刻，天伦之乐莫过于此吧！

我忽然就明白了她不老的原因，因为她不敢老，母亲还在，她就是一个孩子，她若老了，母亲的精神支撑就倒了，为了母亲，她要永远不老，她要一直年轻。

这世间，每一个孩子都是父母的宝贝，可以在父母面前撒娇任性说点孩子气的话，但却没有资格在父母面前说老，永远没有，因为任他是谁，无论如何都老不过父母。

父母在，不敢老。

载于《青年博览》

当我们总说老了的时候，是我们忘记了父母。当我们在父母面前调侃自己老了，父母笑着说你看看我，我还没说老呢。是因为在父母心里，我们永远是长不大的孩子。

母爱绘本让思念“走心”

文 / 雷碧玉

自从女儿吉吉离开自贡到成都读书后，周艳的心就跟着一起去了。每天下班后的第一件事就是等女儿的电话，听她汇报学校的开心事。但是孩子有作业，不能整晚陪着聊，常常是挂上电话，周艳还拿着话筒独自回味。每到周末，周艳更是早早守在电脑前，等着和女儿视频，以解思念之苦。

一天，周艳在整理吉吉的小书橱时，发现里面是一本本从吉吉 1 岁开始，周艳买给她的各类图书绘本。从《好饿的小蛇》《我们一起来刷牙》再到《跳跳和他的妹妹》《圆的世界》《最棒的便便》……静静的翻阅中，吉吉牙牙学语到学讲故事的画面清晰地在周艳眼前闪现，此刻周艳无法用语言描述内心充盈着的是一种怎样的幸福感。她在心底轻轻地呼唤，宝贝，这个世界因为有了你而多了一抹亮丽的色彩。

突然，书中掉下了一张纸，周艳捡起一看，顿时嘴角上扬。那是 3 岁时，吉吉涂抹的一张画《我的妈妈》。画中的妈妈披着长长的头发，穿着大花的衣衫，吉吉说这样的妈妈最美。小时候，吉吉喜欢跳舞和画画。每次听完周艳讲的故事，她都会想象着画出故事中的简易画面。树爷爷、青蛙大婶、小猫咪、大笨鹅……虽是简单的几笔，却看出了孩子的用心。

就在此时，一个大胆的想法在周艳的脑海里闪过，何不将自己对女儿的思念和爱用手绘信的方式表达出来，寄给女儿。这样不仅可以让孩子感受到远在他乡的母亲对自己的思念，虽然相隔千山万水，但母亲时时在身边相伴；也能让自己在绘画的时光中化解对女儿的万般思念。周艳想到目前吉吉还不认识太多字，只有绘画是最能让她理解的方式了。本身就有绘画底子，字也写得漂亮，所以这简单的绘本对周艳来说也不算难事。很快，她买来纸和笔，开始认认真真，工工整整地绘图写字，将自己对女儿的爱融入色彩斑斓的世界中。

几天后，班主任交给吉吉一封信。吉吉很纳闷：我认字不多，谁会给我写信呢。小心翼翼剪开信封，拿出信一看，吉吉顿时欢呼雀跃。整页信纸是一张卡通画，画面上是一个可爱的小女孩，暖暖的棉袄，厚厚的大红围巾，漂亮的毛线帽，戴着厚手套的小手调皮的插在口袋里，帅气又美丽。画上还配有漂亮的文字，一字一句，读起来是那么的暖心暖怀。

“亲爱的幺儿，天气寒冷，我的幺儿有没有穿暖呢？妈妈自作主张给幺儿戴上帽子，穿上羽绒服，让我的幺儿变成一个温暖的小棉球。这样就没有冷风可以伤到你……永远爱你的妈妈！”想到吉吉有很多字没学过，细心的周艳还在新词的“头顶”上认认真真地标上注音。收到妈妈与众不同的来信，感受着远方母亲的温情，吉吉的心里暖暖的全是爱。

晚上，吉吉迫不及待地给妈妈打电话。叽叽喳喳，开心的话语说也说不完。周艳微笑着听着，内心满是欣慰，更为自己的做法点了一百个赞。从那以后，周艳更是用心地在画上下功夫，用爱心勾勒出一幅幅充满温情的漫画，爱的绘本就这样源源不断地寄给了远方的女儿。绘本的内容更是包罗万象，从鼓励学习到多交朋友甚至多喝水等生活细节。

“幺儿，最近你参加舞蹈比赛准备得很辛苦，也获得了好成绩。妈妈虽然没有陪在你身边，但一样感觉到了你的努力和收获的快乐。”

“我们家最近有喜事了，童童小猫咪要升级当爸爸了……”

“幺儿在学校里要多交朋友，要多帮助其他同学，要学会分享，感受分享的快乐。妈妈希望你自立，希望你的世界永远快乐。”

到目前为止，周艳已经绘制了50多封图文并茂的书信，把思念和爱带到吉吉的手里和心里。

母爱绘本让思念“走心”。在如今微信短信满天飞的年代，那些车马慢，书信远的日子已经成了“古董”，而有这样一位平凡的母亲用一种有温度的方式，拉近了与身在外地孩子的距离，表达了自己最平凡的母爱。一封封“走心”的绘本，绘出了母亲浓浓的思念，深深的爱。

载于《语文报》

在这个网络时代，我们已经没有了静下心来给父母写上一份寄托思念的信了，甚至有时候连短信都懒得发了。我们觉得那些已经过时了。但在母亲的眼里表达爱的方式永远不会过时。

天鹅飞过孔雀河

文 / 舞若夕

锦城虽乐，不如回故乡；乐园虽好，非久留之地。归去来兮。

——华罗庚

它的名字是眺望

晚上七八点的时候，姥姥总是要提着小布袋，去金三角走一圈，有时我会同她一起去转转，听她用带着浓重四川口音的普通话跟我说：“现在的羊肉越来越贵，都 65 了啊！”

姥姥说的是公斤。我在新疆长大，算公斤早就成了习惯，乃至于就算已经在外省生活多年，听到斤的说法还是会略微皱眉，一定要换算成公斤之后才能反应过来。

但更多的时候姥姥会一个人出去，窗边落日余晖斜斜地照进来，能看到空中飘浮的细小尘埃。上大学后，少数的归家日子，我都会站在窗边，看姥姥瘦小的身影越来越远，然后微微叹口气：她老了，背也渐渐驼得厉害。

不知怎的，总感觉像是换了身份，少时来姥姥家玩儿，妈妈给我扎一头的辫子，蹦蹦跳跳地过来，姥姥总是会在窗边看着，提前把门打开，给我摆一双小拖鞋在门口。姥姥向来手巧，拖鞋都是她自己做的，专门给我做的那些粉色的拖鞋，大大小小很多双，都齐齐地摆放在鞋柜里，仿佛在等我长大。那时姥姥在窗边喊我："幺儿！"我抬头，看到她笑容满满。

新疆天长，即使冬天，晚上七八点也是一片亮堂，夏天的时候更是夜里十点才会完全天黑。姥姥出去的时间不长，不到一小时就会回来，小布袋去的时候是空的，回来时也不会装太多东西，偶尔买东西，也都是给我买的零食。

我看着她越来越近，忍不住喊了声："姥姥！"她在楼下听到，抬头对我笑："幺儿，我回来了。"

看到她的笑容，我的心便安定下来，突然想起这座城市的名字：库尔勒，在维语里，库尔勒是眺望的意思。

"眺望"一词，终归和等待、向往相连，多少人在窗前等归家的人，盼想念的人，向往着走出这里之后的时光。多少人如愿以偿，多少人心知是妄想，无从知晓。

这里从来没有孔雀，只有天鹅

库尔勒市并不大，一条孔雀河贯穿全城，直到今天我仍然不知道这条河为什么要叫孔雀河，因为自小我在河边走，就没有看到过孔雀。倒是每年都会有不少天鹅。说也奇怪，以前一般是三月底才飞来，这些年似乎越来越早，2013 年过年晚，二月下旬时，走过孔雀河都能看到一大群的天鹅和野鸭，在已经开始化冰的河面兴奋地游着。

那时我也有一年没回来，便也停下来看，学其他人模样拿手机拍照，每天定时定点有人给它们喂吃的，分明是野生的动物，此时竟被培养出了家养的习性，听到哨声，便成群结队地往喂食的地方去了，旁边有小孩子问："爸爸，天鹅也喜欢吃馕吗？"我听到这样的回答："是啊，入乡随俗嘛。"

是了，在这里，馕是必不可少的东西。小时候我的早餐基本都是奶茶泡馕，库尔勒的老市政府还没搬之前，附近有一家馕坑，卖馕的维吾尔族大叔一脸络腮胡，不爱说话也不爱笑，但他卖的馕，很多年都没涨过价。

小时候妈妈牵着我的手走过孔雀河，指着天鹅对我说："它们啊，这一辈子只认定一只天鹅，一旦成为夫妻，便永远守护另一半。即使雌天鹅死了，雄天鹅也不会再和别的天鹅在一起。"

那时我年龄尚小，不懂什么叫一生一世一双人。只是在后来，谈起懵懂的初恋，和他一起走在三月的孔雀河边，我学着文艺少女，和他说我所知道的关于天鹅的一切。他听到这里，轻轻握住了我的手，对我说："我们也会的。"

当然没有。

年少的诺言是当不得真的，但当时心里的悸动也绝非虚假。牵手的那天夜里我回到家，被他握过的手良久都隐隐发烫，我想着他的笑，然后一直脸红到天亮。

现在回想起来，他的容貌竟然已经不再清晰，印象最深的，是那天我靠近孔雀河边，蹲下身想更靠近某只天鹅，它却嗖地一下飞远了。

像我彼时自以为的爱情，像我远去的年华，像我童年的天天天蓝。

当年我们一心想要离开，现在却怎么都想回去

大学，我离开新疆，到了武汉。武汉到乌鲁木齐，3700公里，火车40多小时，飞机四个半小时。在乌鲁木齐转古老的绿皮火车，12个小时之后，终于能够抵达库尔勒。

我不知道是不是所有新疆的汉族孩子都和我一样，祖辈是从全国各地响应"援疆"的号召来到这里的，不少都在生产建设兵团里扎根发展任劳任怨。然后弹指50年，荒漠真的变了良田。在城市的街头巷尾，随处可见宣传标语："只有荒凉的沙漠，没有荒凉的人生！"

在我们长大的过程中，总是会听到一个词：内地。是的，和港台那边的人一样，我们把大陆除了新疆以外的地方叫作内地。

高考报志愿时，全班 80% 的都填了疆外的学校。“能去内地上大学，干吗留新疆啊？”我的同桌这样对我说，我点头如捣蒜。

那时，我们总以为外面的世界更精彩，那个被我们称为“内地”的地方，文明、先进、发达……总之，美好的像人间天堂。我们那样年轻，一心想去外面的世界看看。我们高估了“内地人”对新疆的了解，他们不知道在新疆普及的是普通话，汉族人很多，说普通话的少数民族也很多。大一刚到武汉时，还有人问我：“你们是不是真的骑马上学啊？”

真的去了之后，所有人都不同程度地失望了。

很难解释这种失望，却也并不难理解。就像你离开一个人，想起来的基本都是他的好，戒不掉的都是和他一起时养成的习惯，如果身边出现别人，你总是会不自觉地去对比。离开一座城则更甚，在武汉的每个白天，我都想念库尔勒的蓝天白云，在武汉那些看不到星星的夜晚，我就会回忆以前上晚自习时夜空中的繁星点点。

其实我最怀念的不是孔雀河吹来的微风；不是大盘鸡、拉条子、烤羊肉串；甚至不是那最正宗的库尔勒香梨……我最怀念的是库尔勒的干净。

武汉的街多数很脏，后来我辗转去过很多城市，西安、郑州，甚至广州、北京……都一样，我再也没有见过一个城市能像库尔勒那般干净，哪怕是专门摆摊卖菜的小巷，也干净得出奇。

应该算是铁血政策的功劳？早在 1997 年的库尔勒，你随手丢垃圾，就会有戴着红袖标的人出现，罚你十块钱。一个冰棍 1 毛钱的 1997 年，被罚十块钱，是一笔不小的损失。被罚一次后，在任何一座城市，被罚的人都不敢乱丢垃圾了。

最盼归家，却也最怕归家

2012 年，武汉玫瑰音乐节，听说许巍会参加，我和男朋友一起早早赶去沌口体育馆，等到夜里九点多，许巍终于出现，一口气唱了十首歌，我在下面热泪盈眶，却还是有些失望，因为我最终没有听到他唱那首歌。

《家》，我爱这首歌，也恨这首歌。只因那一句歌词：“如今我对自己的故乡，像来往匆匆的过客。”对我这种大学时一年回来两次，工作后一年回来一次都奢侈的人来说，这句话有多真实，就有多残酷。

如果坐火车回家，过了嘉峪关，就觉得离家近了，进疆之后，经过最大的风力发电站，经过吐鲁番、哈密以及所有我耳熟能详的城市，再坐火车或者汽车，我就能到达库尔勒。每年似乎都在盼着那几天，可真正要回去的时候……却又怕得厉害。

因为每一次回去，库尔勒都变了很多，这些年，新挖了两条河，准备搞三河贯通，甚至已经有了游船。我的家乡一心一意地建设山水梨城，我却对它越来越陌生，除了人民广场小康城金三角，我所熟悉的地方似乎都在渐渐离我远去，或者说，我渐渐离它们远去了。

忘了说，那个跟我说要去内地上大学的同桌，因为填报志愿被撞，最后留在了新疆的一所大学，在玫瑰音乐节的那天，我又热又困，等的无聊，给她打长途电话。我说今天等许巍，白天的高温像是要把我烤熟。她的声音越过几千公里，翻山越岭跋山涉水而来：“这里也热啊！不管怎么我还是觉得，你们能出去，多好啊！”

直到这时我才明白，原来围城，无处不在。

它再也不是我的城

我曾经以为库尔勒是属于我的城市，即使我去了远方，即使我每次都来去匆匆，它也会永远属于我。

直到 2013 年 9 月，我到达郑州，有认识多年的网友请我吃饭，可我没想到，他带我去的地方，竟是一家“老狼大盘鸡”。席间我没怎么说话，他问我味道是不是不正宗，我摇摇头：“不是。”

在那家店的墙上有很大的字，写得分明：“老狼大盘鸡是来自于新疆库尔勒的大盘鸡品牌……”味道其实真的差不了太多，可我嘴里的土豆，竟那般难以下咽。

夜里，姥姥跟我说：“幺儿啊，西瓜又涨价了，现在六毛钱一公斤哦！”

我没有告诉她，六毛钱一公斤而且又甜又大的西瓜，在我知道所有的地方里，只有新疆有。在武汉在西安在各个城市都能见到的打着“库尔勒香梨”牌子的香梨，没有一个味道能比得上我年幼时上树去摘的。

可这座城，再也不属于我。

载于《中学生》

小时候，一直认为家乡是用来远离的，只有远离了家乡才能看清她的美。长大后，真的看清了她的美。再后来，由日日的期盼到渐渐地害怕回去，家乡变得越来越陌生，我害怕回去多了，心中那份原始的美渐渐被越来越多的变化湮没。

第二辑

那些暖，无声流淌

他是我迷路时亮在不远处的那盏灯，是我记忆中永远不变的温存。记得有人说，每一盏灯亮的地方，都是一个家，一个温暖的家。家，一个多么暖和的字，散发着热力，照亮着我，温暖着我，我感激着，却不用说出口。

Zui Meiwen

亲情之路唯有爱可以修复

文 / 冯志普

家庭应该是爱、欢乐和笑的殿堂。

——木村久一

把留守老家多年的女儿接回身边，这才发现，亲情的修复之路竟然如此漫长……

留守的岁月，改变了女儿

婚后不久，我和老公就去北京谋生。

2000 年冬，我们有了一个可爱的女儿。2005 年，二女儿也出生了，当时我们做着一份养家糊口的小生意，无暇照看两个孩子，只好让婆婆把大女儿带回老家。

就这样，4 岁半的大女儿开始了她的留守生涯。那段时间，我整天以泪洗面，每做一个噩梦就会不由自主地想到女儿，于是胆战心惊地给婆婆打电话。婆婆总会告诉我说，女儿很好，还让我尽量少打电话，因为那样只会让女儿更加想念我们，反而难以融入新的生活环境。

后来我才得知婆婆所谓的“很好”其实都是安慰我的话，女儿刚回老家时一直哭闹。面对陌生的环境、陌生的人、陌生的语言，一个只有 4 岁多的孩子所承受的痛苦，恐怕是我们成年人无法想象和理解的。更要命的是因为水土不服，女儿身上一年四季都长满黄豆大的水泡，奇痒难忍。每次回老家接女儿，看着她满身结脓的水泡和疤痕，我都心疼得直掉眼泪。说来也奇怪，那些在老家吃药打针都治不好的水泡，回到北京一礼拜就好得干干净净。为了尽可能让女儿少受罪，老公按照房东大叔的话，去野外弄了好多土带回老家。听婆婆说，女儿喝了用那些土熬的水就没事，一停，水泡就会又起。

最让人担忧的是，原本活泼的女儿变得越来越不爱说话。寒暑假接她过来，却再也看不到她往日的欢笑，脸上总显露出与年龄不符的忧郁，让人看了又怜又疼。

有一次，我问女儿在学校有没有小朋友欺负她，女儿说有。我问她告诉老师没有，她说没有。我又问她告诉奶奶没有，女儿还说没有。我心疼地问她："为什么受人欺负了不告诉大人呢？"女儿脸上掠过一丝不易察觉的委屈与失落，而后闷闷地说："我只想告诉妈妈。"简短的一句话却让我刹那间泪流满面。我傻傻的女儿啊，那时的妈妈远在千里之外，就是想保护你也够不着啊！

2007 年，我们居住的地方拆迁，正好老公在河南新乡的朋友想让我们帮他看店，我们就在离老家 100 公里的新乡安顿下来，老公在朋友的店里上班，我则开了一家通讯器材店。那时的我正怀着儿子，二女儿还不满两岁，苦于照看不过来，一直也没能把大女儿接到身边。

真正让我痛下决心接女儿回来，是 2009 年我过生日那天。叔叔做了一大桌子的菜，本来一家人都很开心，可中途女儿却哭了起来，问什么也不说，急得我们都没办法。最后女儿才说是因为我们第二天要回新乡，她不想让我们走，还说有一个同学老欺负她，她都不想上学了……

喝醉的老公听完女儿的哭诉，非要带着她去找那个同学的父母打架。我第一次见老公哭得那么伤心，我知道，那是他在宣泄对女儿深深的爱与内疚啊！叔叔也对我说："接走吧，再难也得把孩子留在身边。你们不知道，有好几次我都看见她一个人躲在旮旯里发呆，问什么都不肯说。孩子现在都变成什么样了，刚来的时候多好啊！再这样下去，孩子都有可能得自闭症，没有父母在身边哪有爱啊！”说着，叔叔也哭了。我深切地体会到了什么叫作撕心裂肺！于是暗下决心，无论有多艰难，也一定要尽快把女儿接到身边。

团聚并没让女儿感到快乐

就在那年暑假，我不顾公公婆婆的反对，执意把留守在老家 4 年多的女儿接到了身边。我做梦都祈盼的团圆终于实现了，本以为这样就能好好弥补对女儿的亏欠，可后来发生的一些事，却让我发现自己的想法是多么幼稚。

失而复得的母爱并没有让女儿感到幸福，相反，女儿的性格变得叛逆。她根本就听不得我夸奖妹妹，每当我称赞小女儿乖巧或者聪明时，她就会显得格外抵触，总会冷冰冰地甩给我一句：“那你把她也搁老家 4 年半，看她还会不会这样！”女儿总是认为，我心里只有妹妹和弟弟，无论我怎样努力，仿佛都焐不热她的心。

记得有一个礼拜天，我让她带着弟弟妹妹在楼上写作业。一会儿二女儿就哭着跑下来了，说姐姐抓她。看着小女儿手上那几道明显的血痕，我气不打一处来，上去就把大女儿打了一顿。没想到任我怎么打，她都倔强地一声不吭，这更激起了我的怒火。我问她为什么抓妹妹，她说是妹妹先把她的作业本弄脏了。我听了更加生气：“就因为这么一件小事儿，你就下手那么狠？哪有一点姐姐的样子！”女儿哭着大声说：“我讨厌你，你为什么老向着她？明明是她的错，你还打我，我恨死妹妹了，才不要当她的姐姐。如果当初不是因为她，我就不会被送回老家，就不会受那么多罪了！”

原来，在女儿心里，妹妹成了害她留守的罪魁祸首。后来我发现，只要弟弟妹妹因为一件小事惹了她，她就会把他们狠揍一顿，无论我怎么说都无济于事。而每当看到我对小女儿和儿子表示亲热时，她总是一言不发，要么就是转身离开。于是我明白了，在女儿心里，留守带给她的积怨真的是太深了，恐怕短时间内根本无法冲淡。

一天，女儿的积怨像火山一样爆发了。我清楚地记得那是一个没有月光的晚上，也是因为一件小事，她打了妹妹。我说了她几句，她竟然大声与我顶嘴，我很生气地让她出去，没想到她真的打开门冲进夜幕中。刚开始我以为胆小的女儿躲在家附近，害怕了自然就会回来，直到半个小时过去了，还不见她的踪影，我才慌了神，和老公分头去找，最后终于在一个公厕里找到了正在啜泣的女儿。

看着泪迹满面的她蜷缩在那里，我又气又疼，便拉她跟我回家。可女儿执拗地甩开我的手，任我怎么哄就是不肯回去。气急的我伸手打了她一耳光，谁知女儿竟然发疯似的说："你打吧，反正从妹妹生下来那天起，我就没有母爱了。你知道我在老家是怎么过的吗？没有人疼没有人爱，想你的时候只能一个人偷偷地哭。别人欺负我，我不敢说话，因为在所有人眼里都是我的错！好不容易回到你身边了，可你爱我吗？你搂过我睡觉吗？只有一次还是因为我生病了！还有，妹妹寄宿一礼拜不回来，你就成天念叨，我在老家4年半，你怎么就想不起我呢？我早受够了！你知道我现在最快乐的事是什么吗？那就是死！因为我想看看灵魂到底长什么样……"

一席话让我呆在原地。这是一个9岁的孩子说的话吗？是怎样的一种精神折磨，竟然让一个年仅9岁的孩子开始向往死亡？也就在那时，我才悲哀地意识到当初让女儿回老家是一个多么错误的决定！而我对小女儿的袒护，对她又是怎样的一种刺激与伤害！

漫漫修复路

从那以后，我总是时刻照顾大女儿的情绪，尽量不再当着她的面表扬小女儿，每当她有一个小小的进步，我都会由衷地夸赞。为了让她得到更好的教育，我们花高价让她进了实验小学。

无论在生活还是学习上，我都尽可能多地关心她。记得有一次，女儿放学回家郁郁寡欢，我想她肯定是在学校遇到了不开心的事，于是问她怎么了。女儿还没开口说话，眼泪就流了下来。从女儿断断续续地叙述中，我知道了事情的缘由：还是因为女儿身上因水土不服而起的水泡，这本来是件很正常的事，却被女儿的新同桌说成女儿得了传染病，并在班里大声宣扬，还不让同学和女儿玩，结果，惹得一个班的学生看见她就躲……

我听了很生气，直接带女儿找到她的班主任，跟老师说明了缘由。老师立即让那位学生给女儿道歉，并在全班说明事情的真相。第二天看女儿回来满脸的微笑，我就问是不是大家不再躲着她了？女儿开心地说，同学们又都和她有说有笑了。我趁机告诉她，以后无论在学校里发生什么事，都要第一时间告诉老师和家长，只有这样才能尽快解决问题，也才可以更好地保护自己。女儿听了，认真地点了点头。从那时候起，无论在学校发生什么不愉快的事，女儿都会回来说给我听，而我也会很认真地帮她分析，并让她尽量自己去解决。

如今女儿已经 11 岁了，看着她一点点转变，我打心底感到高兴。我知道，想要修复与女儿的亲情，还有更远的路要走。而我，会用爱和呵护，让这条路变得更短、更温暖。

载于《知识窗》

但丁说，世界上有一种最美丽的声音是母亲的呼唤。没有了母亲的呼唤，心灵是冷寂的。对于孩子来说，母亲的关爱和陪伴远远大于一切物质给予。

点亮自己，你就是一束光

文 / 顾晓蕊

忍耐和坚持虽是痛苦的事情，但却能渐渐地为你带来好处。

——奥维德

进入高中以后，随着新入校的新奇和喜悦渐渐褪去，我们陷入紧张而繁忙的学习中。

父母的期盼，老师的叮咛，像鞭子一样轻轻拍打在我们身上，以致不敢有片刻的松懈。看到同宿舍的小薇买来厚厚一摞复习资料，阿莉边吃午饭边背诵英语课文，我不由得暗暗着急。

“人之为学，不进则退。大家都要加油哦！”听老师这么说，我心里先是一惊，又一沉。

这时，同桌向我请教一道数学难题，我支吾着推说有点忙。我正兀自烦恼着，并不想理会他，另一方面还暗藏着一点小心思，生怕被同学赶超上来。

时光如水，匆匆流过，一晃就是一年多。那天中午，我倚窗朝外看，宿舍楼下的花开了。亮灿灿的迎春花，白而硕大的玉兰花……春天已在不知不觉中悄然来临。

“我们去看花吧，万顺街的樱花应该开了。”我提议说。

“下午有自习课。”小薇有些纠结地说，“可是，花开不等人啊。”

“好累啊！咱们去放松下吧。”阿莉把眼睛从书本上移开，急忙附和道。

那条街的路两旁种满了樱花树，这些日子里，我们只顾埋身于书山题海，不曾邂逅一场花事。因此，那个阳光和暖的午后，我们约好一起去看樱花。

我们悄悄地溜出校门，一路上笑闹着，拐过十几个路口，来到位于城东的万顺街。

到了那里，我们瞬间被眼前的景象惊呆了。那一树树的繁花，团团簇簇，灿如云霞。微风徐徐吹来，搅动着花香，片片花瓣飞落，整条街香气四溢。

我们慢慢地沿着路边向前走，这一片花天花地，令我们迷了眼，醉了心。那一地零落的花瓣，多么像我们的青春岁月，美丽而短暂。我们欢呼着、感叹着，忽然瞥见一个熟悉的身影。

班主任吴老师骑车从马路对面过来，她显然也看到了我们，微怔了一下，接着骑了过去。

“唉！这下可糟糕了，回去等着挨批吧。”小薇神情沮丧地说。我们顿时兴趣索然，仓促地结束了出游，返回学校。

上晚自习的时候，我心里有些忐忑不安，可吴老师对此只字未提。

晚上宿舍熄灯后，我们开始卧谈，大家抱怨起做不完的习题，应付不完的考试。那一瞬间，我们就像乘坐在同一艘船上，行驶在漫无边际的夜色里，看不到未来，也感觉不到希望。

“总有一天你们会明白，苦学的日子也是好日子。点亮自己，你就是一束光。”门外传来巡夜老师的声音，正是班主任吴老师。这蜻蜓点水似的话，却在我们心里荡起涟漪，大家一时无语，陷入了沉思。

那以后，在忙碌的学习中，我们少了一些抱怨，多了一份担当。那年高考，我们宿舍的成绩都出奇的好，各自考上了理想的大学。

在漫漫人生道路上，我遇到很多不如意、不顺心的事，但每想起老师的那句话，就犹如一束光照入心底。不管面临怎样的境遇，只要点亮一盏心灯，便能心境通明，无所忧，亦无所惧。

载于《新青年》

点亮心中的灯，给自己希望，给自己力量就没有人可以打败你，当然，也没有人可以拯救自己。只有靠自己。

先有兄，后有妹

文 / 念初

真实的十分理智的友谊是人生最美好的无价之宝。

——高尔基

一

他比我大 3 岁，小时候因为家庭情况，我们分开了，他在爷爷奶奶家长大，而我在出门做生意的父母身边长大，在他 6 岁读书的时候，我和爸爸妈妈从外地回来了。他就是我的哥哥。

我和他的故事也就开始了。

在我 6 岁，他 9 岁的时候，我们虽然相处了三年，可是依然不能如邻居家的兄妹一样其乐融融。我们很客气，但大多数的时候是不爱待在一起的。我总是看见他对叔叔家的妹妹百般呵护，分好吃的给她，背着她玩，让她一遍又一遍地叫他哥哥。却唯独不会对我这样。我想他喜欢妹妹。只是不喜欢我这个妹妹而已。

有一次，我听见他对叔叔和爸爸妈妈说，可不可以把我妹妹和叔叔家的妹妹互换一下。所以，我清楚地知道，我的亲哥哥不喜欢我。

那一天是星期五，刚刚放学时他告诉我，他和伙伴们想踢足球，差一个守门员，问我要不要当守门员？我很内向，刚来到这个陌生的地方。所以在班上没有什么玩伴。看着哥哥身边的几个小伙伴，我鬼使神差地点了头。他对我说，没事儿，不会玩儿也没事，守门员只要看着球，不要让球进球门就可以了。我很听话，在他们踢得火热朝天的时候，专注地盯着球，生怕它会消失。当它靠近我的方向，我很激动，又很紧张。就像上课被老师点名回答问题一样。

可是，足球并没有因为我的紧张而对我格外开恩。它向我飞速前进，带着力量和速度。我脑子一片空白，只记得他说，我当守门员，主要看着球，不让球进，就可以了。当时的我，站在宽大的球门前，显得格外渺小。却不知哪儿来的勇气，竟然用单薄的身体去挡住了那颗带着泥沙飞来的足球。

也就是这一刻，比赛结束，我们赢了。

可是，我的手却骨折了。他回家被妈妈狠狠地收拾了一顿。再三叮嘱他，不要带我玩男孩子的危险游戏。从这次以后，他再也没有提过换妹妹的事，但是也不愿再带我一起玩。

二

在我 9 岁，他 12 岁的时候，我们没有那么生疏了。我有做不来的题，总是捧着作业闯进他的房间大呼小叫，让他教我。他总是骂我笨，一边骂我是豆腐脑，一边不厌其烦地教我。生怕我连阿拉伯数字都不认识，把答案和计算方式在纸上写得极为仔细。

那时候我们的关系也像我的成绩一样，时好时坏。爸妈总是因为一些大事小事不停争吵，我看见爸妈吵架，总是默默地回房间，锁好房门，不停地掉眼泪。我有试过劝架，但他们总说，大人的事，小孩别管。但哥哥不一样，他总对在争吵中的爸妈火上浇油："没事儿，你们吵，吵得不过瘾，可以用砖头和菜刀来比个高下。你们吵离婚了正好，我和妹妹正好可以拿两份钱。”我想不通为什么父母听到这样的话，就保持沉默，或者哭笑不得。我只知道，只要哥哥在，爸爸妈妈吵架就没有那么害怕了，因为他总有古灵精怪的办法，让看似水火不相容的他们，在顷刻间冰释前嫌。

记得有一次，他们吵得特别凶，我躲在家门口不敢进去，他回来看了看，就说，我们去奶奶家。我跟着他去了那个离家有半小时车程的地方。一路跟着他，我们都没有说话。直到我感觉好累好累，腿部僵掉，除了走路没有其他反应，他才转过身，背对我，弯下腰说，烦死了，就知道你是个拖油瓶，上来，我背你！

看了看面前这个，比我高一个头的哥哥，我爬上了他的背。我记得这是他第一次背我。我感觉，其实哥哥也没有那么糟糕。

到奶奶家的时候，已经天黑了。爸妈也因为在奶奶那儿找到离家出走的我们，明白了点什么。

从那时开始，哥哥似乎用这个方法彻底化解了争吵。我就知道哥哥很聪明，对付爸妈的坏情绪最有一套。

三

在我 12 岁，他 15 岁的时候，我们家庭环境好了许多。爸妈有了很好的相处模式，没有了争吵。我和他也会偶尔开下玩笑，说说看见的趣事，逗爸妈开心。我因为家里的原因，渐渐熟悉了这个城市，开始变得开朗乐观。

他也喜欢带我去朋友家玩。对别人说，这是我妹妹。他的朋友，有夸我漂亮的，有夸我乖巧的，他总是厚着脸皮说，也不看看他哥哥是谁，我总调侃他说，他的脸皮是铁做的，厚得快坚不可摧了。

那个时期的我，会趁他不在，偷偷溜进他的房间，翻翻他的书，看看他的小玩意儿，当然，也会偷看一下小女生给他写的信。里面的开头总是三个字，见信佳。

我一直以为这是一个女生的名字，和很多杂志上出现的一个名叫“佚名”的神秘作者一样，太让人好奇。

直到有一天，我才鼓足勇气问他，哥，见信佳是谁呀？漂不漂亮？

他睁大眼睛看着我，忽然狂笑不止。片刻后，他气喘吁吁地说，笨蛋呀你，见信佳是一个礼貌用语，就是说，希望打开信的你，安好无恙。

我听了以后，从此，不提信这个事。总是怕他想起来，又拿来嘲笑我一番。

四

在我 15 岁，他 18 岁的时候，我很不喜欢待在家和爸妈聊天了。因为他们总是有说不完的叮嘱，训不完的话，总说我这样不好，那样不对。总在告诉我，好孩子应该要怎样怎样。所以越来越讨厌他们的唠叨。只要放学一到家，就在房间窝着看书，听音乐，或者发呆，除了必须出房间门，其他一概不迈出房间门半步。

妈妈总说，你这样待在房间里不怕闷出病来，这个时候他会笑着反驳妈妈说，你们这些人真奇怪，她出去玩，你们说她不像女孩子，她好好待在家里，你们又说她会闷出病。你要人家怎么办？

然后，爸妈就没有再过问我要不要出来了。

记得有一次，我待在房间里看电影，由于看得太开心，太专注，没有注意到爸妈叫我，爸妈就来用力敲门，把门打开，妈妈气冲冲地进来，一迈进来就在那里数落，你的房间那么乱，一点不像女孩子的房间，这样的房间也只有你愿意待着不出来。

我听着听着便生气地冲了出去，刚把自家大门打开，他刚好回家。

看我满脸泪水，怒气横生的样子，一把就拉着我往回拽，我死命地边甩边跑，我吼道，放开我，我受够了，我不想待在家了，我要出去！一副大义凛然慷慨赴死的样子，颇有壮士一去不复返的豪气。

后来……你猜怎么样？

他死拉硬拽地把我拉回沙发，用皮带绑着我，还随手拿了一样东西塞我嘴里。

“报告！罪犯已经带到，恳求首长发落！顺利完成任务，要杀要剐由首长指定！”

我当时才知道，什么叫哭笑不得。就这样，我离家出走失败了。大举的抗议旗帜也倒下了。

我气得三天没理他，没和他说过一句话。想知道为什么吗？因为他塞我嘴里的东西，是一双没洗的臭袜子。

也因为我抱着这份对他的怨气，一边控诉一边委屈地说，爸妈理解了，我的体罚也免了。

五

在我 18 岁，他 21 岁的时候，我依然在读书，而他已经开始工作。开始穿西装，打领带，穿黑亮又庄重的皮鞋，没有像以前那样，在镜子前端详自己，夸自己帅，也穿得花花绿绿。也很少会拉着我讲一些爸妈不知道的小秘密。也不会再让我掩护他，私自偷溜家门，跑去网吧，打游戏打得天昏地暗。

更不会一边聊天一边等我自习回家。我以为我们又回到以前那样，每次回家都很少看见他，即使看见，他也是轻描淡写地说一句，妹子，好好读书，就匆匆离开。

很多个晚上，他都很晚回家，偶尔忘带钥匙，打个电话让我开门，说一句快睡吧，很晚了。就这样，我们进了两个相同的门，却不同的世界。他在他的房间里，我在我的房间里，似乎又回到了老样子。没有太多语言。

有一天，下晚自习，结伴而行的朋友在红绿灯分道而行。我像往常一样闷着头，大步流星往家赶。抬头，忽然看见前面不远处隔壁班的男生被三四个小流氓围住了，而他旁边满脸惊惶的，正是我的同桌。

我跑向前，着急地问她，你们怎么了？她哭着说，他们要打架，怎么办？

我估计是脑袋进水了吧？体重不过 85 斤的我，竟然在一群红头绿发的小流氓面前嚷嚷得跟唱《青藏高原》一样。

当我冲到小男生面前，正准备大干一场的时候，他忽然出现了，如从天而降，也不知道从什么地方冒出来的。他扯着嗓子大声吼道："你们在干吗？你们想对我妹妹干吗？不想活了吗？"

我被他那么大的吼声吓到了。他的狮吼功，引得周围一片狗吠，就连背后小区的声控灯都全亮了。那是我第一次见他这样生气。他推开那几个男生，把我从人堆里揪出来护在身后，那些比他还高一个头的男生，瞬间没了气势。我躲在他的身后，突然有种恍若隔世的感动。

接着，爸妈从车上跳了下来。然后，这群小男生一溜烟儿跑了。

接下来的几个晚自习，爸妈都接送我回家，他也在。

六

我 21 岁，他 24 岁的时候，由于工作原因，他离开了家。去了很远的昆明，我们很少联系。偶尔会在节日的时候发一条祝福的短信。他和爸妈的关系疏离了一些。因为从小到大，他从不听从爸妈的安排。不愿意应征当兵，不愿意朝九晚五地做个打工族，他想做他喜欢的事，他相信他和别人不一样。爸妈不支持，因为我们家都是本本分分的农民。我懂他，也相信他。虽然我不能为他做什么，但我知道只有我守着家，帮着爸妈，就是对他最大的支持。

有一次，他回家，爸爸很生气，说他白眼狼，离父母那么远，做的都是不安稳的事情。他很难过，更多的是生气，他和爸爸吵架了，很严重。在我印象里，他乐观，厚脸皮，对爸妈一直很有耐心，可是这一次没有。爸爸打了他一巴掌。他摔坏了爸爸的手机，踢坏了家里的凳子，像个暴躁的小野兽，冲出家门，狂奔在茫茫的寒夜里。

我穿着单薄的衣服，跟着他狂奔，我知道他在哭，因为在他 12 岁，我 9 岁那年，那个爸妈吵架而我们离家出走的傍晚，我见过他同样的背影，当年默默跟在他身后的我，既没有问他为什么哭，也没有问他前方的路还有多远，正如很多年后的此刻，笨拙的我，依旧不知道该如何才能化解他内心的悲伤，我只能像小时候一样，默默地跟着他，陪着他，让他可以在偶然疲惫的回头间，瞥见始终在他身后的妹妹。

刺骨的寒风中，他的奔跑的速度越来越慢，直到气喘吁吁地弯着腰，站在大马路中央回过头看到同样狼狈不堪的我。

他忽然暴跳如雷地跟我说："你跟着我干吗？烦不烦？"

我同他般喘着气想把呼吸抚平到正常频率："哥，我们回家吧，我们都穿得好少，有点冷呢，等下次穿得多一些再跑出来，好不好？"

他这才注意到我单薄的衣服和迎面扑来的寒气，语气也稍微温和些："要回你自己回吧，我不想回去。"

他非常沮丧地盘腿坐在大马路上，我陪着他坐下来，絮絮叨叨地说："哥，你真傻，小时候你告诉我的真理你都忘了吗？跟大人吵架，吵赢了要被打，吵输了要被骂，所以一定要聪明。我看你这次，就不太聪明啦。"

他没有说话，无聊地看着我们在路灯下的影子，我也静静地看着。

那一夜，在记忆里我们的影子被拉得好长好长。他的影子总是比我的长，我阴阳怪气地说："哥，你也没有比我高多少，怎么你的影子在黑暗的灯光里显得比我长很多？”

“废话，因为我坐在你前面，你在我的后面啊！不知道你这智商是怎么当我妹妹的。”

我小声嘟囔着：“能怎么当？老妈先生下的你，后生下的我。”

载于《疯狂阅读》

兄妹之情是我们来到世上收获的第一份友谊，在成长的岁月里，这份友谊因误解而摩擦，因摩擦而彼此了解，因了解而深厚，因深厚而真挚，因真挚而美丽。

那些暖，无声流淌

文 / 王举芳

我相信家庭与外界是截然不同的，它可以充满爱，关怀及了解，成为一个人养精蓄锐的场所。

——［美］萨提尔

一

小时候，父亲在贵州工作，母亲每天要下地干活，我便成了外婆家的常客。

记忆中，那是个秋天的夜晚，天黑了母亲还没有来接我。外婆点起煤油灯，我缠着外婆讲故事。外婆拿来针线簸箕，一边纳鞋底，一边用细柔的声音说："从前有座山，山上有座庙，庙里住着一个老和尚，还有一个小和尚……"

微风拂过，煤油灯的火苗左右摇曳，我的眼睛一闪一闪，看看外婆，外婆的眼睛里也有两汪光泽在闪烁。

灯芯短了，光显得黯淡了。我拿起外婆手边的针，学着外婆的样子想把灯芯挑长拨亮一点，火苗子一下子跳起来，吓得我一头钻进外婆的怀里。

外婆搂着我，轻轻拍着我："不怕不怕，那是灯在感谢你呢，你看它现在多亮，它感谢妞妞帮它亮起来呢，你看，它好像在跳舞给你看呢。”我望着灯火，果然，那灯火摇摇摆摆的，像是在跳“迪斯科”。我笑了。

橘黄色的灯光把外婆的身影映在墙上，好大好大，覆盖了整面墙。灯火微光，映照着外婆脸上那些深深浅浅的皱纹。白色的麻线在外婆瘦削的手中来回穿梭，鞋底上早已布满了一行行、一列列整齐而斑驳的印迹。我又缠着外婆讲故事，外婆笑着，轻轻讲起：“在很久很久以前，有一个不幸的孩子叫牛郎，父母双亡，他和哥哥分家只分得了一头老牛……”

“那后来呢？”我总是担心七仙女丢下自己的孩子。“后来鸟儿搭雀桥，让牛郎一家团圆。”外婆笑着摸摸我的头。“那个天上的王母也是外婆，咋那么坏呢？我的外婆最好。”我又投进外婆的怀里。

“不是王母坏，是人和神仙不是一路人。等你长大了就懂了。”外婆放下针线，把我揽起来。

外婆的怀抱真暖和，我不知不觉睡着了。

二

上中学的时候需要住校，一个星期才能回家一次。

星期天早上还没起床，就听见母亲在厨房里叮叮当当地忙活，饭菜的香夹着疼爱的味道，勾引着我的味蕾，睡意全无，穿衣起床，顾不得洗漱，直奔厨房，饭桌上的咸肉粥升腾着暖洋洋的热气，我舀一勺吸溜着喝入嘴里，顿时，满嘴萦绕熟悉的香味。

那些咸肉，是父亲用在单位省下来的伙食费买来的，母亲用最少的食材，做出尽可能多的食物，她自己却很少吃，只笑着看我们吃。仿佛我们吃得开心，便是她最大的欢愉。

她用那些在田地里长出的普普通通的时令蔬菜或者野菜，炒制成独到的特色小菜，让我们的清苦岁月增色生香，吃得贴心暖胃。

那个早春，我生了病，对任何食物都没有食欲。看我日渐消瘦的脸，父母很着急。那一天，我随便说："不知道苦菜长出来了没有。"

母亲让父亲照顾我，自己走出了家门。

直到天擦黑，母亲才回来，头发凌乱，满身尘土，原来她去挖苦菜了。她与父亲轻声说："今春冷，苦菜还没长出来，真难找，我几乎是趴在地上才能看到它们的一点点痕迹……"我的眼泪不自觉地流了下来。

那一盘清炒的苦菜，我吃得津津有味，胜过那些绝顶的珍馐。

父母的爱，如桌上饭菜的热气一般，蒸腾弥漫，温暖着所有凄苦的日子。

三

结婚时，他说："我也许给不了你优越的生活，但我会永远做守候你的那盏灯。"

那时，我们租住在一个农户家里，房子很小，只有小小的一间。

下班归来，常常是暮色深浓时。拐过街口，我就开始张望，看看那间小屋有没有亮起灯盏。只要那盏灯亮着，心里便有温暖流淌，驱散夜色的寒冷。

有一段时间常常加班到深夜，他嗔怪道："能不能不那么拼命工作啊？"一双手伸过来，将我的手安放进手心，我的手如鸟儿那样栖息在他掌心筑成的巢，顿觉温暖踏实，岁月安稳。

生活的艰辛难免疲累脆弱，但一回到家，心就变得饱满充盈，因为身边有一个那么在意我的人，给我微笑，给我鼓励，给我一个坚实的臂膀让我依靠。

小屋没有暖气，寒夜里，我们只能和衣而眠，他用体温的热量，传递着爱，给我营造一个温暖的港湾，一个饱满的爱的空间。我们依偎着相互取暖，在陌生的城市里相依为命。

他是我迷路时亮在不远处的那盏灯，是我记忆中永远不变的温存。记得有人说，每一盏灯亮的地方，都是一个家，一个温暖的家。

家，一个多么暖和的字，散发着热力，照亮着我，温暖着我，我感激着，却不用说出口。

载于《情感读本》

时间的流逝，许多往事已经淡化了。可在历史的长河中，有一颗星星永远闪亮，那便是亲情。时间可以让人丢失一切，可是亲情是割舍不去的。即使有一天，亲人离去，但他们的爱却永远留在子女灵魂的最深处。

有一种关注，叫默默点赞

文 / 张君燕

男人虽然铁石心肠，但只要当了父亲，就会有一颗温柔的心。

——［英］杨格

一

吃过晚饭，林紫琪窝在沙发里玩手机，打开微信，毫无意外地又看到了一个赞。这个“安琪儿”到底是谁？自己什么时候加的他，怎么一点印象都没有了呢？林紫琪暗自嘀咕，每次只要自己一发微信，安琪儿都会直接秒赞。好像一个随时待命的士兵，时刻等待国王的一声令下。应该说，安琪儿对林紫琪相当关注，但他除了点赞外，从来没有留下过只言片语。也许他只是无聊，在朋友圈里挨个点赞罢了。对，一定是这样！林紫琪释然一笑，起身走向厨房。

林紫琪租住在公司附近的出租房里。偶有同事或朋友到她家里玩，却从来没有见过她的家人。每每有同事好奇地问起，林紫琪总是淡淡地说“我没有亲人。”说这些话的时候，林紫琪总是一脸漠然，仿佛戴着一个厚厚的面具，任何人都无法探知她的内心。

其实，林紫琪有着典型的双重性格，熟人面前可以高兴地得意忘形，但在陌生人面前，却又冷漠得像个高傲的公主。以至于很多人第一眼看到她，总觉得她是个很难相处的人，也因此，林紫琪真正的朋友并不多。所以，当林紫琪看到微信里那个默默点赞的人时，心里会莫名地涌上一种久违的温暖和感动。林紫琪挨个看了朋友圈里的消息，竟然发现安琪儿只在自己的微信里出现过，也就是说，安琪儿只是为了林紫琪而点赞。那晚，林紫琪是带着甜蜜和满足入睡的。

二

林紫琪刚来这家公司不久，据说是和谁赌气才换的新工作。林紫琪说，她有能力养活自己，并且可以让自己活得更好。不服输的林紫琪说到做到，在新公司里，林紫琪表现出色，很快就得到了上司的青睐以及同事们由衷地佩服。漂亮的女人总是会得到格外的关注，何况是漂亮又有才气的林紫琪。公司里单身的男青年们争相对林紫琪献媚，但林紫琪总是淡然拒绝。也许是遗传了母亲追求完美的基因，林紫琪对爱情格外挑剔。她不在乎外表、家世、背景这些东西，认为那些都是虚无的不可靠的。她追求的是一见钟情的心动，是心灵相吸的默契。

见到王明然时，林紫琪眼前一亮，她听到了自己内心怦然一动的声音。王明然不是那种公认的帅哥，但他“浑身上下洋溢着一种特殊的魅力，这种魅力让人舒服，让人不由自主地想要靠近”，林紫琪和自己的闺密说这些话时，眼睛里的光彩似乎可以照亮整个黑夜。闺密不以为然地撇了撇嘴：“我怎么看不出来你说的魅力呢？”“那是你不懂咯。”林紫琪得意地笑着，神采奕奕的样子像极了恋爱中的小女人。

王明然自然也注意到了优秀的林紫琪，也许他们之间真的有相互吸引的东西，也许冥冥之中早已有了月老牵的红线，王明然和林紫琪水到渠成地相爱了。王明然对林紫琪的照顾可谓无微不至，沉浸在他的呵护和关怀中，林紫琪会不由自主地生出一种错觉，仿佛自己又回到了那种久违的家庭温暖之中。王明然和林紫琪相爱几个月了，但他却从来没有像其他人那样好奇地问起她的家人。也许这就是他的独特之处吧，一直担心王明然问起时自己该怎么回答的林紫琪如此想。

三

林紫琪是个不折不扣的微信控，每天发微信晒幸福是她的“必修课”，关于那个神秘的关注者“安琪儿”，林紫琪早就凭着隐隐的直觉猜出了八九分——一定是王明然。是的，正是自己来到新公司后，才有这个忠实的“粉丝”的。不是他还会是谁呢？还有谁会这样关注自己，和自己有着相当的默契呢？想到自己在乎的人一直在默默地关心自己，在乎自己的一举一动，林紫琪不由得牵起嘴角，脸上露出了两个浅浅的酒窝。

那天，林紫琪感冒了，躺在床上浑身无力。她本就是个独立坚强的女子，生这点小病她自然也不会娇滴滴地向王明然去邀宠。她只是习惯地拿出手机，自拍了一张自己苍白的脸庞，配上一行文字：“态生两靥之愁，娇袭一身之病。”看了看突然觉得矫情，就又加上了几个字：“感冒了，真难受”。发完微信，林紫琪打算闭上眼睛休息一会儿，手机提示音响了起来，打开微信，林紫琪顿时哭笑不得：忠实的“粉丝”安琪儿在自己苍白的病容下又点了个赞。“好你个王明然，人家生病了，你不安慰不说，还幸灾乐祸地点赞。”林紫琪直接把电话给王明然打了过去。本来林紫琪是想将这个秘密永远保持下去的，双方心照不宣的感觉也挺好。可是，恋爱中的女人总喜欢耍小性子，尤其在乎恋人对自己的态度，林紫琪也不能例外。“什么？你生病了？怎么不早点告诉我呀？”王明然的语气里满是惊讶和关切。林紫琪有点糊涂了：“你装什么呀，你不是刚刚还点了赞吗？”“点什么赞？”王明然更是丈二和尚摸不着头脑。“安琪儿不是你吗？”林紫琪越发迷惑起来。“安琪儿？”王明然一拍脑袋，接下来的话便脱口而出：“哦，那不是我，是伯父。”

四

“伯父？”林紫琪疑惑地重复道，王明然吐了吐舌头，暗骂自己说漏了嘴。林紫琪的双眼立刻像起了一层雾——很久没有想起她的父亲了。其实，林紫琪之前有一个幸福的家庭。父亲事业有成，母亲漂亮贤惠，林紫琪像个骄傲的公主心安理得地享受着家庭的温暖以及父母的呵护。但生活有时偏偏会像蹩脚的电视剧情一样狗血，林紫琪的父亲爱上了自己的秘书，当那个年轻漂亮的女人挺着大肚子找上门来时，所有幸福的一切都结束了。追求完美的母亲无法接受一点点瑕疵，何况是她一直视若生命的婚姻。

离婚后的母亲仿佛被抽去了筋骨，整日心不在焉、郁郁寡欢。也许是心里郁结的闷气太多，也许是身体本就虚弱，两年之后，母亲被查出患了胃癌，已经到了晚期。在母亲弥留的日子里，父亲几次找上门来，想要跟母亲解释，求得她的原谅，但母亲却连见他一面都不肯。林紫琪永远都不会忘记母亲临走时那哀怨的表情，以及久久都不肯合上的双眼。尽管医生说母亲的病早就存在，并不是三年两年就能发展到晚期的。但林紫琪却固执地认为，父亲是导致母亲死亡的始作俑者，并在心底暗暗发誓，永远都不认这个父亲。

五

坐在林紫琪的床头，王明然向林紫琪和盘道出了实情。原来，林紫琪初到公司时，王明然就喜欢上了这个个性独立、性格坚强的女孩，还常常暗中观察她的一举一动、一颦一笑。也由此，王明然注意到了那个神秘的老人，他总是在林紫琪上下班时，躲在公司对面的墙壁后面偷偷注视林紫琪。护花心切的王明然以为那个老人不怀好意，于是在一次下班后，径直走向他，想要一问究竟。

在咖啡馆里，老人声泪俱下地跟王明然讲了自己的故事。他承认是自己犯错在先，但那只是酒后的一时冲动，他不想失去亲爱的妻子和女儿，不想失去幸福的家庭。他也曾想尽力去挽回，但追求完美的妻子却不肯给他机会，就连他最疼爱的女儿也不肯原谅他。但他却时时刻刻在牵挂着女儿，女儿住在大房子里时，自己还不用太担心，毕竟一切都有保障。自从女儿赌气搬出大房子后，他的心一下子变得空落起来。得知女儿喜欢微信，年过六旬的他虚心地向年轻人请教，学会了玩微信，为的就是能及时掌握女儿的动态。他知道女儿不肯原谅他，所以也不敢妄加评论，唯有默默点赞，以寄托自己对女儿的思念和关注。老人喃喃地说："安琪儿，就是爱琪儿。"当他得知王明然喜欢自己的女儿时，便拜托王明然好好照顾她。王明然被老人的真情所感动，对老人郑重地点了点头，并答应老人保守这个秘密。

六

听完王明然的话，林紫琪早已是泪流满面。她原以为自己永远都不会原谅父亲，可是现在她的心竟然是那么疼，她无法想象一个年迈的老人如何风雨无阻地站在公司门外张望，无法想象一个老人在寂寂长夜中思念女儿时那颗心是多么煎熬。"父亲是有错，可是也应该给他一个知错就改的机会呀。"王明然轻轻拭去林紫琪脸上的泪，认真地对林紫琪说。林紫琪没有回应，良久，她幽幽地说："明天，陪我去看望父亲好吗？"

载于《时文选粹》

也许，在这个世界上我们最不了解的是父亲，最不懂的是父爱。

每天都是一次选择

文 / 李红都

假设你担心年轻的一代会变成什么，答案是他们会继续成长，并且开始担忧更年轻的一代。

——罗杰·艾伦

收到你录取通知书的那一刻，我并没有丝毫的兴奋。相反，应该说，我是很失落的，甚至可以说有些不甘。而你，眼睛却笑成了两弯月牙。

是的，那个学校，是一所职业院校，尽管在我们当地，甚至在整个河南，都算得上是专科类的好学校，但毕竟与我为你设计的人生路线大相径庭。在我心中，你应该骄傲地走进省级重点高中的大门，最起码，你也能上市级重点高中，仿佛这样，才能不辜负我对你的期望。

但现实是残酷的，不管我愿意不愿意，我都得接受这个事实。看着眼前已长得和我一般高的你，真想骂你不争气，忍了好半天，才把几乎要脱出口的话咽进肚里。

面对我的不悦，你却满不在乎："这也是个大专啊，五年制的，而且还可以参加专升本……"

但是，亲爱的，毕竟这样一来，你的人生，就缺少了高中的生涯，那是一段艰辛却充满激情和梦想的人生之旅。

我给你讲我的高中时代，讲我的激情奋斗，你不想听，你说，你想走自己选择的路，不想走我给你设计的路。你说，你有自己的理想和追求，不想一切听我的安排，没了自己的主见……

我们争了半天，结果谁也没说服谁。但是，我明白，你倔，认准的事，谁也改变不了你。

我仰天长叹，随你好了……

你欢呼雀跃，终于可以不必再背那令人头痛欲裂的元素周期表，做那枯燥无比的数学方程式。

我不知应该是悲还是喜？毕竟我们那个年代的中学生，崇信的是“学好数理化，走遍天下都不怕”；毕竟多学些文化知识，打好基础，将来才有更长远的发展。但我也知道，现代社会的分工越来越精细，高中时学的很多知识无非是一块块大学的敲门砖，就如我，成年后，忘得最快的就是那些与工作不沾边的数理化，而且我也知道，你虽不如我当年那么刻苦、那么听大人的话，但是秉承了我的兴趣和爱好——喜欢看课外书，喜欢写朦胧的情感故事和纯真、唯美的诗词。或许，你长大也像我一样，走写作的路，让名字在全国各地的期刊杂志上缓缓开花……

那一天，看到你的《痴狐》刊发在 2013 年 7 月 3 日《河南工人日报》副刊，我惊喜得泪都流了出来。没错，从你那细密精巧的构思和语言唯美的程度上来看，你远胜过当年的我，你发头篇作品时，才 14 岁半，我发首篇文稿时，已近 19 岁。外市的一位作家开导我，想当年，琼瑶也偏科，数学常常不及格，三毛也同样，语文上是天才，数学则会考鸭蛋，说不定，你家小淘包将来会远远超过你我……

回想当年，自己何尝没有令大人感到“不靠谱”的选择，也试过多条父母安排的人生路，最终走通的还是自己选择的那条路。或许，生活就是这样，当我们选择成长的时候，往往也是选择不被父母理解的时候，因为我们有了独立的思想。

没有人希望孩子是个毫无主见、事事按他人思想行动的傀儡，但不知为什么，在我的潜意识里，却总是觉得自己比孩子社会经验多，忍不住对孩子的人生“指手画脚”，每每看到你没有沿着我为你设计的人生路线走下去，心里便充满担忧和焦虑。

心中的纠结，让我显得有点心烦意乱。我转身走进书房，打开电脑，习惯性地登录上 QQ。有位我一向敬佩的大姐正好在线，想想自己的纠结，忍不住地打开对话栏，把这矛盾的心态说了出来。她很耐心地听完了我的倾诉，发过来一行话：“你想得太复杂了，其实你女儿远没有你那么纠结，她有主见，知道自己喜欢什么，适合什么，会主动选择适合自己走的路，这本已很好了。如果非让她按照你的要求，拼命去学那些她既不喜欢，又不擅长的数理化，或许她真的能像你希望的那样考上省重点高中，可是却失去了去学她自己感兴趣的专业的乐趣。问你一句——你是愿意看着她成天闷闷不乐、得过且过地学呢？还是希望看到她充满激情，快乐地去学习呢？

我马上回答：“当然希望她带着激情和快乐去学习了。”

那边很快又回复道：“要是她按你的安排去上高中，肯定是闷闷不乐、得过且过，因为她不喜欢数理化，你把意愿强加给她，她怎么能快乐呢？怎么会主动地去配合学习呢？但高职院校是她自己的选择，专业也是她所喜欢的，她到那里，肯定会快乐、主动地学习了。她能主动地、快乐地学习，还有文学创作的爱好和兴趣，这样的生活状态，你能说她是失败的吗？其实，学习成绩并不重要，重要的是她没有失去生活的激情和学习的乐趣。”

一时间，我哑口无言。突然，脑海里浮现出前一段这位大姐推荐给我看的一首纪伯伦的诗：“你们的孩子并不是你们的孩子 / 他们是生命对自身的渴求的儿女 / 他们借你们而来，却不是因你们而来 / 尽管他们在你们身边，却并不属于你们 / 你们可以把你们的爱给他们，但不能给予思想 / 因为他们有自己的思想 / 你们可以建造房舍荫庇他们的身体，但不是他们的心

灵 / 因为他们的心灵栖息于明日之屋，即使在梦中，你们也无缘造访 / 你们可努力仿效他们，却不可企图让他们像你 / 因为生命不会倒行，也不会滞留于往昔 / 你们是弓，你们的孩子是被射出的生命的箭矢 / 那射者瞄准无限之旅上的目标，用力将你弯曲 / 以使他的箭迅捷远飞 / 让你欣然在射者的手中弯曲吧 / 因为他既爱飞驰的箭，也爱稳健的弓……”

那首诗，多像是这位智慧的大姐，在开导被“望女成凤”之心带进牛角尖的我。对命运之神来说，我和孩子既相关联，又彼此独立，我可以给孩子爱和引导，又怎能将自己的思想强加在她身上呢……这样一想，心里便有了种豁然开朗的感觉。

吃过晚饭，我拉着你的手，走进朗朗月空。

舒爽的晚风，吹散了白日里争吵带来的郁闷，悄无声息地拉近了我们彼此的距离，我和你，像一对知己，并肩坐在月光下真诚地袒露心扉——我承认，从你上小学起，我对你的寄托就有些功利——重点中学，名牌大学，琴棋书画，多才多艺……我压在你身上的希冀，把你柔弱的身子压得弯弯如许。你好动，想学吉他和街舞，我批评你是“不务正业”，你不喜欢数理化，勉强完成了老师的作业便松了口气，我逼着你硬着头皮继续做我给你额外留的理科卷黄冈题库……

回想起来，我为你做的这一切，并没有带给你多少正面的影响，却反而让你失去了成长的快乐和学习的乐趣。还好，你能主动选择上高职院校去学你感兴趣的知识和技能，并且还能时不时写出一两篇令我惊喜不已的文学作品，这说明你还是开朗健康，有梦想、有追求的好孩子。特别是你能很清楚地根据自己的特点，扬长避短地选择自己喜欢并适合你发展的专业，足以说明你很有主见和独立处理问题的能力，这些，我都应该为你骄傲！

妈妈想告诉你的是——生命中的每一天，都是一次选择。无数次选择的结果，就是你的命运。不只是这一次，在今后的日子里，你也天天面临着选择：上课，你可选择听讲，也可以选择打盹儿；写作业，你可选择用心，也可选择马虎；课余时间，你可选择参加培训，练好英语口语，也可以选择到溜冰场和 KTV，游戏人生，虚度光阴……

所以，妈妈希望在新的学校里，别让爱玩、爱攀比的孩子影响到你。愿你每一天，都能认真地做出选择，选择上进、选择勤奋、选择微笑、选择勇敢……然后，像你说的那样，以全新的姿态，做好未来专升本的准备。

载于《文苑》

人生的成长中我们该如何选择？父母的希冀往往会影响着我们的选择。我们唯一能做的就是学会选择成长。

扎万针显真情

文 / 段奇清

真的猛士，敢于直面惨淡的人生，敢于正视淋漓的鲜血。

——鲁迅

2011 年 2 月中旬的一天，他正在给人扎针灸，董娟夫妇登门喜洋洋地向他道谢。因为在他的治疗下，结婚多年一直不能生育的董娟怀上了身孕。消息一传开，人们惊叹：这可是人间奇迹！

他叫孙秀才，辽宁省抚顺市清原县人，年轻时参军入伍，退役前是沈阳军区装备部高级医师，擅长中医针灸，退伍后回到老家开了一家诊所。他手中的银针堪称神奇，即便一些疑难病症他也能手到病除。

尽管他在当地的名声越来越大，可他却总怀有一颗治病救人救死扶伤的心，有些危重病人他常常是上门医治。2006 年冬一个大雪纷飞的日子，他在出诊的路上，不幸被一辆疾驰的车撞得飞了老远。被诊断为语言神经、右侧运动神经损伤，记忆功能丧失。是的，他成了一个植物人。妻子冯淑杰不甘心丈夫就这样一直在病床上躺下去，她要唤醒丈夫的记忆。可想了一个又一个办法，就是没有任何效果。

2007 年 8 月中旬的一天，冯淑杰发现丈夫的头总向右侧转，似乎在看什么。她仿佛看见了一丝希望的亮光，赶紧给上大学的女儿小赢打电话：

“你爸的头会转动了！”冯淑杰与女儿分析，他看的就是挂在墙上的那张人体穴位图。听医生说，只要找到了刺激源，丈夫就有可能恢复记忆及语言功能。

冯淑杰兴奋地想，人体穴位图就是丈夫的神经刺激源，这一下可有办法了。从此，她每天给丈夫读穴位图上的穴位，不久又为他读中医书籍，慢慢地，他能发一些含混不清的声音了。这样一读就是 7 个多月，2008 年 3 月，孙秀才已经能坐起来了，而且左手也能动了。更难得的是，一天，她从菜场买菜回来，丈夫的手中居然拿着一根银针在摆弄。

冯淑杰眼睛一亮，如能让丈夫重新学着扎针灸，他一定恢复得更快，否则，他永远都难以清醒。但她知道，扎针灸可不是闹着玩的，有些穴位，一针扎下去，稍有偏离，轻则让人瘫痪，重则丧命。可她决定以身试针。人体穴位与针灸是能唤回丈夫记忆的刺激源，可她的这一决定极有可能让她彻底丧失“刺激源”，可对丈夫和家庭的爱已胜过了一切。

当然，她也不是一个蛮干的人，她要循序渐进，首先她选择了对人的影响稍轻的手背让丈夫下针。那天，她拿了一根银针放到丈夫手中，帮助他合拢无力的手指，说：“孙医生，我是来找你治病的，你就给我针灸吧！”

只见他眼中似乎有一种电光倏忽闪过，一会儿手中的针颤抖着刺下。她虽说有心理准备，还是疼得“啊”了一声，因那银针是歪歪扭扭扎下去的。他的手也没有一点准头，那针与事先画好的圆点偏离一寸多。她忍住痛，拔出银针，重新帮丈夫握好，把着他的手，对准自己手背上的那个圆点，又刺了下去，她不禁又一哆嗦……

就这样，一直扎了 28 针，终于扎中了穴位。这时，她的手已经发麻、发木。可看见丈夫开心地眯起眼睛，她觉得自己再苦也没有什么了。

2008 年国庆节，吃过早饭，他又习惯性地招手，要她过去为她扎针。这天女儿放假在家，看着妈妈已被扎得稀烂了的手，对爸爸说：“您怎么就不住地要给她扎针呢？她痛啊！她可是你的妻子，我的妈妈啊！”这时，他伸长脖子，好奇地看着眼前的两个人，似乎努力回忆着什么……良久，嘴中含糊不清地叫道：“淑杰……老婆……”接着又转过头，注视着女儿，“小嬴……女儿……”

时隔两年后，他终于能认识妻子和女儿了，冯淑杰的眼泪汹涌而出，那可是喜悦的泪水啊！此时，她拿起一个小本子，那上面记着丈夫每天为自己扎针的次数，足足已有一万多针。

2009 年 11 月初，他能下床站立，双手也灵活多了，只是说话依然有些含混不清。为了让丈夫恢复得更快些，她经常邀请他的战友、朋友、邻居来陪他聊天、下象棋等。

2010 年 7 月初，孙秀才的战友王国兴带着儿子王泽航来看他，直让他开心不已。突然，他指着王泽航的嘴，又拍拍自己的腹部。王泽航不知道他要做什么。冯淑杰见丈夫的鼻翼翕动了几下，皱眉作要吐状。

她立即对王泽航说：“他怀疑你的肠胃有毛病，让你伸出舌头看看舌苔。”看过舌苔后，他要给王泽航扎针。好在只是在少阳经脉一些穴位上扎上几针进行疏通调理，不是太难的事，她也就帮助丈夫为王泽航扎针治疗。这可是丈夫在出车祸后，第一次给病人扎针啊！她知道这是丈夫在给他扎出一条再度治病救人的通道。

第三天王泽航又来扎针时，高兴地说，这针真是了不起，自己如今已吃得香、睡得甜了。

没过几天，王泽航又把自己的妻子董娟带了来。孙秀才为董娟把脉后，手中比比画画，口中不停嘟囔着。冯淑杰知道丈夫诊断董娟患有乳腺炎和坐骨神经痛，引起寒宫症导致不育。然而，董娟要扎的穴位是肩井穴，这个穴位一旦扎不准就会引发气胸，这可是致命的。丈夫给董娟开了一些中药，冯淑杰只好让董娟先回去调理一些时日再说。

她知道这可是丈夫人生中最为关键的一步，他要是连董娟这样的病都能治好，那他信心的通道就彻底敞开了。丈夫认为为董娟治病风险太大，冯淑杰却要让自己来承担这个风险。不是治出了事由她来负责任，而是压根就不让丈夫出什么医疗事故。这样，唯一的办法就是让丈夫在自己身上练习。

练了5天后，他让冯淑杰将董娟叫来。董娟还有些不放心，可他已是信心百倍，因为这时他对冯淑杰的肩井穴已刺了100多针，准确到只有粗一点的针眼那么大的误差。

董娟在接受了半年的针灸及中药治疗之后，乳房肿胀消失，胯骨不再疼痛，随着寒宫症的治愈她怀孕了。2011年2月的一天，董娟夫妇乐哈哈地登门向他道谢。

眼下，尽管他的语言功能尚没完全恢复，可前来看病的人又开始络绎不绝，由于在康复期间有了妻子为他做练习对象，他的医术与车祸前相比不仅没倒退，而且还更为精湛。人们见到他后，往往都会伸出大拇指，直夸他是“神医”。

爱是承担万余银针的疼痛，甚或是丧失生命的风险，正是这样，才显示了爱钢铁一样的硬度，银辉般的耀眼，让人们感受到了人间永不逝去的大爱真情……

载于《特别关注》

万宇银针的疼痛是她对丈夫的希望，是对家庭和丈夫的爱。真爱的力量是无穷的，她能让人变成勇士，承受常人所不能承受之痛。让人有钢铁般的意志，面对所有的煎熬与风险。

外婆的手

文 / 林玉椿

永远是独一无二、不可替代的事物——这是童年的回忆。

——杜伽尔

外婆在我八岁那年就去世了，但她那双粗糙结实而又充满慈爱的手，却令我永生难忘。

外婆家在一个偏僻的小山村，从我们家过去，需要走好几个小时的山路。但小时候，我和两个姐姐最喜欢的就是去外婆家，一听母亲说要去外婆家，就立刻蹦蹦跳跳地要跟着去，从不嫌山路崎岖、路途遥远。

外婆是个可亲可敬的人，母亲是外婆最小的女儿，而我在所有表兄弟、表姐妹中是最小的，所以外婆对我格外偏爱。每次去外婆家，外婆总喜欢把我揽到身边，用手抚摸着我的头，用手比画一下我的身高，然后笑呵呵地说："让我看看。哎呀，我的乖外孙，又长高了好多呢！"

每当外婆把我揽到她身边时，我就喜欢盯着她的那双手看，她的双手令我感到无比温暖——外婆用这双手，为我洗过多少个蜜桃，削过多少个梨，剥过多少个橘子；外婆用这双手，给我夹过多少次菜，烤过多少个糍粑；外婆用这双手，帮我铺过多少次床，盖过多少次被子……

在我的印象中，慈祥、善良的外婆从来都不骂人，她对后辈们的教诲和责备全藏在手势中。

记得有一次，表哥不知从哪里弄来一包香烟，悄悄地将我拉到后山，怂恿我和他一起抽烟。不料就在这时，外婆到菜园里摘菜，看到了这一幕，就径直向我们走了过来。我内心感到十分惶恐，生怕这一次难逃打骂。没想到外婆并没有责骂我们，她只是轻轻地抚摸着我们的头，慈祥地说："你们还小，这事不怪你们，但要记得香烟对身体有害，吸上瘾之后想戒就难喽！"外婆对表哥说："你是哥哥，要带个好头，千万不能带坏弟弟。"看到表哥点头答应之后，外婆又转过身来，拉着我的手说："你最小，更加不能跟着别人学坏。大人吸烟也不好，小孩子更加绝对不能吸烟，你要记住喽。"我用力点了点头，答应了外婆。表哥开始非常担心外婆会把这件事情告诉舅舅、舅妈，我也非常担心母亲会知道这件事，没想到过后并没有人提起，自然是外婆为我们保守了这个秘密。

那一次，外婆语重心长的劝导铭刻在了我幼小的心灵里。长大后，面对别人递上来的一根根香烟，我都是摆手拒绝。

外婆 70 多岁时中风患了偏瘫，母亲带我去看她时，她躺在床上已经不能言语。

昏暗的灯光下，外婆稀白的头发十分蓬乱，脸庞瘦削枯黄。她的身体掩在被子里，唯有一只右手搁在被子外，扶着床沿。

看到外婆的手瘦得只剩下皮包骨头，我的内心竟然感到了一丝害怕。我往后躲到母亲的怀里，不敢上前。我无法相信，我那精神焕发、可亲可敬的外婆如今会变成这样，变得像一个稻草人一样弱不禁风。

外婆见到我，涣散无神的眸子立刻一亮，她喘着粗气，用那只唯一可以活动的手向我招呼着。

舅母安慰我说："你外婆想叫你过去。别怕，她很想念你这个小外孙。"可是由于害怕，我摇着头不愿意走上前去。

外婆见我不愿意上前，枯黄的脸上浮现出一丝忧伤。她伸出那只无力的手，用那略微弯曲的食指指着我，始终不肯放下。她的眼睛里充满了渴望和不甘心。

母亲把我从她怀里推了出来，说："孩子，快上去，外婆真的很想你。她虽然说不出话来，但她的脑子还是很清醒的。你不要怕，她是太想你了，你快到她面前让她好好看看你。"

在长辈们的鼓励下，我终于壮起胆子走了过去。

见我走到面前，外婆激动起来，她那只手似乎突然之间变得灵活有力起来，一把抓住我的小手，紧紧地，久久地不愿放开。她的嘴角嚅动着、颤抖着，似乎想说些什么，可是却什么也说不出来。只是，两串混浊的泪珠从她的眼角里淌了出来。

没想到，这竟是我和外婆见的最后一面！

外婆去世后，我仍然习惯性地问母亲："我们几时再去外婆家？"母亲立刻纠正我："以后别再说去外婆家，要说去舅舅家，外婆已经不在了。"听到这话，我忍不住转过身去，泪流满面。

岁月荏苒，许多往事逐渐在心里褪色。但夜深人静的时候，我还是经常会想起外婆，想起外婆那双慈爱的手。

载于《格言》

我们的童年里总会有一双外婆的手，像守护神一样抚摸着我们的童年，守护着我们的童年。

父母不是恶人

文 / 商艳燕

凡为父母的，莫不爱其子。

——陈宏谋

深冬，清晨六点半左右的天还黑得像是锅底，儿子在穿衣服。为了让他多睡几分钟，我总是精心算计着早上这点儿时间，直到所有的早餐都摆上桌的最后一分钟才去唤他。

一切准备就绪，只剩下咸鸭蛋在我手中，正一点点向下剥壳，并露出油油的蛋黄。儿子从小对蛋黄不感兴趣，最近几天却突然转变了想法，于是蛋黄给他，蛋白我来吃。此时，屋子里还是寂静的。

那一刻的寂静里，忽然就有些恍惚，仿佛岁月中有什么似曾相识的场景，正在惊人地重演。

小时候，家里虽然并不富裕，却因为院子宽阔养了十几只鸡，鸡蛋是从没有断过的。鸡蛋以各种形式出现在我们的一日三餐里，普通到令人从不觉得日子贫穷。父母总是想办法让我们多吃，炒米饭、鸡蛋饼不是问题。白水煮蛋，蛋黄有点儿干却是最爱，蛋白吃起来有弹性口感也还不错，咸蛋蛋黄泛着油光吸引着贪吃的味蕾，可蛋白总是有一种软软的水汽让人爱不起来。我爱吃咸蛋黄，姐姐弟弟都爱，我记不清父母那时都是如何解决蛋白问题的，但至少我自己，总是把蛋黄贪心地卷进烙饼中，然后把蛋白扔在一边，不知什么时候，蛋白就自动不见了。

那时总是理直气壮的，似乎不论什么不爱吃的东西，在父母的那里都不是问题，似乎他们什么都爱吃。

十多岁时常常和母亲闹别扭，不知是两人之间的矛盾，还是因为她过于偏爱弟弟的后果，具体的事被我慢慢地遗忘，但是想起童年与少年时，就觉得母亲简直一无是处，爱发脾气，不讲道理，发誓自己绝不要重复与她一样的人生，我定会倾尽全力地去爱自己的孩子。

前几天儿子和我聊天，他说你这个人特别凶，我一不会做题就冲我喊。我喊了吗？我不记得。但儿子清清楚楚地记着，并把每一句话都重复出来，他说你脾气太坏了。我脾气坏？我是努力要做个好妈妈，并一直这么坚持着的呀。可是儿子说，你太吓人了。

为什么他眼中的妈妈和我眼中的自己完全不一样呢？当时我只是笑着说他：怎么就光想着妈妈的不好，不能多想想我的好呢？

事后突然惊觉，那仿佛就是曾经少不更事的自己。在孩子的眼中，父母都是恶人，你对他千般的好，他却只看到了发脾气时的你。

可是天下的孩子啊，还有许多事情，比你看到的表象更深更隐蔽。

你生病时，父母焦急的心情，你体会不到；你受伤时，父母自责的眼神，你从不明了；你难过时，父母深深的担忧，你无从知晓；你饿了渴了时，父母忙碌的身影，你从未注意到；甚至你不爱吃的东西、剩下的饭菜，父母全都毫不挑剔地吃掉，你哪里会知道？你只是在童年里理所当然地伸出手，从父母那里索取，还仿佛觉得自己遇到了世界上最不好的父母。孩子的无情，父母甚至从不计较。

我几乎从不吃蛋白，也许是生活太好了，儿子从小却是不爱吃蛋黄，我又理直气壮地多吃了九年的蛋黄。直到今天，我那么心甘情愿地把蛋黄抠出来留给他，而自己默默地吃着软软的蛋白。一切都是那么顺理成章。

做父母的默默地为孩子做了许多事，可这些事，在孩子的心里，就像从来不曾发生。也许父母在孩子眼中都是恶人吧，因为管教，因为约束，哪怕是偶尔一次控制不住地发脾气都不可原谅。但孩子的心也并非永远像冰，它只是在光阴中慢慢漂移，直到一缕又一缕光，从某个角落里洞开。那一刻，父母才终于不再是恶人。

载于《做人与处世》

我们总是漠然地接受父母对我们的好，认为一切都是理所当然的。而总是仇视父母对我们的管教。好与不好都是父母初衷的爱，只是有时候表达的方式是我们所不能接受的。

墙上的印痕

文/嵇振颉

谁拒绝父母对自己的训导，谁就首先失去了做人的机会。

——哈吉阿布巴卡伊芒

那一年我才16岁，正处在叛逆的年龄。挫折来临时，开始躲避周围的一切，希望这样就能保持“出淤泥而不染”的状态。

浑浑噩噩的状态，让我与心爱的书本分道扬镳。面对惨不忍睹的分数，我竟然没有任何负罪感。父母并没有责备我，他们担心我精神上受到刺激。这个时候，他们选择静观，而不是主动介入。

一天放学，我遇到初中同学小杰。他一身名牌的打扮，让我艳羡不已。在我的印象中，小杰家的经济条件并不好，初中时穿得很寒酸。怎么才一年多，他就变化这么大？是不是他父母做生意发了财？他的回答否定了我的猜测。原来他在一位大哥手下混，不仅经济上翻了身，而且每一天都过得很滋润、很舒坦。看着他红润的脸色，我向他表达也想加入的意愿。他说可以帮我问问看，很快给我答复。

深夜，我在床上辗转反侧。按捺不住地激动，让我决定起来走走。走过客厅，灯竟然亮着，父亲正背着手看着一面墙。那面墙上，贴着我从小到大获得的荣誉证书和奖状，足足有四十几张。这时，一股别样的想法涌上心头：原来我也曾优秀过，上面的每一张证书或奖状，都记载着一段难忘的回忆。可我现在却亲手毁掉了这一切。难道我所期盼的理想世界，真的是那么美好的伊甸园吗？

父亲的背已经有些微驼，不再像过去那么伟岸，白发渐渐爬上他的发梢，岁月肆意地在他的外表上留下痕迹。想到这里，我的鼻子酸酸的……

我决定明天向父亲表达我的想法，我觉得这应该是一次征询，而不是最后通牒。

第二天一早，我又一次来到客厅，突然发现墙壁上少了很多东西。没错，就是那些荣誉证书和奖状。它们是什么时候从墙上消失的？又是谁这么干的？我正在心中推断时，父亲缓缓地从一旁走来，和蔼地对我说："墙上的奖状和证书，都是我撕去的。从你这个阶段的表现来看，你想过一种崭新的生活。既然是和过去决断，那何不把这些过去的东西都抹去？"

我一时无语，脑海中，我已经删除和小杰同行的想法。

父亲接着说："如果你还想回到从前的生活，那么我可以把这些荣誉和光荣的象征还给你。"

墙上留下一些印痕，就在昨天，这里还被证书和奖状覆盖。我忍不住大声说："爸，我错了，我不再那么任性了。您还是把这些都还给我吧。"

父亲的脸色终于多云转晴。他用一种特别的方式，挽救了陷入迷途的我。

我依然深深地记得墙上的印痕。正是这些印痕，将我从陷坑中拉出来，重新回到光亮的康庄大道上。

载于《语文报》

墙上的印痕不单单只是过去的荣誉，它已经成为我们自身价值的体现，已经幻化成一种感召力，把我们从颓废中拯救出来。

童年的风筝

文 / 李莉

家庭的基础无疑是父母对其新生儿女具有特殊的情感。

——罗素

小时候，每至清明前后，就见到天空中飞扬起各色各样的风筝。我和弟弟总是抬起头，一脸羡慕地看着那些天空中的风筝，心也随着那风筝飞去。

我和弟弟曾悄悄在街上问过风筝的价格，那个价格，对于我们不算富裕的家庭来说还是太贵了，懂事的我们从此不提要风筝的事。

可是，我和弟弟见到风筝时的喜悦，还是被爸爸看到了。爸爸慈爱地说："想要吧？我帮你们做一个。"我和弟弟惊喜不已，兴高采烈地跟在爸爸的身后，去买做风筝的纸。

爸爸一向喜欢做手工，而且总是喜欢挑战高难度的，这次也不例外。他告诉我们他要做市场上买不到的独特风筝，让我和弟弟崇拜不已。

爸爸找来几根竹条，削薄，放在火上烘弯，绑好，然后糊上纸，做了一只大大的蝴蝶风筝，下面还拖着长长的尾巴，爸爸在表面涂上美丽的颜色后，一只五彩斑斓的蝴蝶风筝就出现在我们面前，我和弟弟欢喜地跳跃着，迫不及待地想要试试它的飞行效果。

我和弟弟在爸爸的带领下来到山坡上，山坡上早已有了不少放风筝的人。孩子们见到我们的风筝又大又漂亮，羡慕极了，纷纷围了上来。

风一吹来，我们松开手，风筝便飞了起来，可是还没飞到半空，便重心不稳地跌了下来。在大家的惊呼中，我的心也如同风筝，从喜悦变得失落起来。

爸爸很沉稳地拾起风筝，说："没关系，重心不稳，我修整一下。"然后，他调整了风筝下面那长长的尾巴后，重新放飞，风筝平稳地升空，越飞越高，大家欢呼起来。有个小朋友说："真棒，自己做的风筝，街上可买不到这样漂亮的风筝。"我和弟弟牵着线，一脸的幸福和自豪。

那个风筝，陪了我们好几个春天。我和弟弟奔跑着放飞风筝，欢喜地看那美丽的蝴蝶在空中轻盈地飞舞，而爸爸，总是慈爱地看着我们的如花笑靥。

邻居见到那自制的风筝，笑着对我爸说："你的本事真是大，为了孩子，什么都会做。"爸爸便笑了："孩子一晃就长大了，能满足他们的，尽量满足，要给他们一个快乐的童年。"

现在，爸爸老了。他仍是一个疼爱孩子的老人，会带着孙儿到处玩一天，他带着孙女、外孙们在外面玩，见到空中的风筝，乐呵呵地对他们说："以前，我也做过一只风筝，又漂亮飞得又高"，我在一旁听了，想起了多年前那只美丽的风筝，眼眶一下就湿润了。

我不会忘记：曾经有一只风筝，承载着父爱，温暖着我的那个清贫却幸福的童年。

载于《语文报》

对孩子的爱使父母是万能的，清贫并不能湮没父母的爱，反而让父母的爱更强烈。

第三辑

原谅愚笨的爱

他们的愚笨，是在于他们毫不会掩饰自己心中那份过于严厉的恨铁不成钢的疼爱，是在于他们不懂得如何让那一份沉重的爱转个弯，轻柔地落在我们十几岁的心底。

Zui Meiwen

最是难舍故乡情

文 / 许延荣

近乡情更怯，不敢问来人。

——宋之问

随着农村城镇化的快速运转，我的老家也要规划了，乡亲们将要搬离那个生活了几十年，或者说养育了几辈人的村庄，过城市人的生活了。

我不知道这些与土地打了一辈子交道的乡亲，离开土地后会是什么感想，会不会习惯于城市人的生活。只知道离开这方土地 20 年的我，虽然在城市生活了这么多年，却依然做不了城市人，心一直在家乡，梦也一直在家乡。

也许是早已习惯了家乡的一切，习惯了家乡人的热情好客，一家有事百家帮忙，不像城市人惯有的冷漠，更没有那种虽是邻居，却是老死不相往来的陌生感。平时没事的时候，大家就会不约而同地聚到街头巷尾侃大山拉家常，妇女们也会聚集到某一家温暖的土炕上，边拉家常边做手工，惬意而温馨。孩子们也依然会像我们小时候一样结伴玩耍。

我们村子大约二三百户人家，生活虽说清贫，但那山、那水、那一方土地里长年累月地生活着的父老乡亲，用山的秀美、水的清粼、人的笑颜，孕育了我的童年，哺育了我儿时的梦想，因此，每每想起，总是欢悦多多，感动多多。那时，村东是一条清澈的、常年水流不断的沙河，我们在那里捉鱼、戏水、玩沙，其乐无穷。河边还有着成排的树林，可以爬树比赛、掏鸟蛋、荡秋千。

记得有一次，伙伴们大多都掏到了鸟蛋，我因总是学不会爬树，就到河东的沟岔里寻觅，那里树多草密，鸟自然也多，我相信，有鸟的地方就一定会有鸟蛋。期盼中，忽然看到沟帮上有个泥洞，我用劲把手伸进去。瞬间，一阵狂喜弥漫全身，我竟然也掏到了几个蛋，大小模样跟伙伴们掏到的鸟蛋差不多，美得我到处嘚瑟，告诉伙伴们俺也有鸟蛋了，谁料嘚瑟过火，蛋全掉到地上摔碎了，把我伤心得差点没哭出来。随后，我又几次三番地去掏那个窝，期望那个鸟能再下几个蛋，可总是失望而归。再后来，我得知那并不是个鸟窝，蛋也非鸟蛋，那是个蛇窝……

在村南不远处还有一个乐园，那是一座规模不小的水库。里面的蓄水可以灌溉全村的耕地。小时候我们常去那里的草滩割猪草，也时常和小伙伴在宽阔的堤坝上追逐玩耍。而伙伴们那一身身精湛的游泳本领也都是在这里学会的。每到五六月份，天气一天天燥热起来，我们便开始下水游泳了。我们在水里潜来潜去捉迷藏，游来游去嬉戏追逐。有时候，放哨的伙伴远远见到有大人走来，一个暗号，大伙就立即憋气沉于水中，等他们走远了才敢露出水面，好几次都有伙伴惊险地与死神擦肩而过。说来也怪，据大人们说，这水里曾淹死过好几个洗衣服或是摸螃蟹、游泳的大人，但却从没淹死过一个玩水的孩子。

那时候，其实最感兴趣的还是村西那一大片果园，那是村里专门种来送礼和增收的，普通百姓是吃不上的。可我们这些孩子，却总能吃得酣畅淋漓，心满意足。每到春末，只要有了可食的青果，我们就开始行动了。爬过伙伴家的院墙就是果园，园里每个季节的果树都有，品种也不少，能连续吃上好几个月。虽有专人昼夜看护，但有句话不是说吗？不怕贼偷，就怕贼惦记呀，我们总能找到合适的时机取得战果。即便是偶尔被抓到几次，大人们也是睁一眼闭一眼，吓唬我们几句了事。毕竟那时一切都是集体所有，不是私有财产。

时光匆匆，很多故事好像就发生在眼前，那些情感，那些记忆，真的是剪不断理还乱。我不知道当乡亲们都离开后，我的故乡，将情归何处？

载于《格言》

在这个乡镇城市化、农村城镇化的年代里，人们的处境也开始变得尴尬，学不会做城市人，又做不得农村人，情感不知归处。像我们的青春，没有了童年的快乐无忧，也没有学会成人的处事泰然，不知道在何处安放我们的青春。

楼前的玉兰树

文 / 陈华清

以沉默来表示爱时，其所表示的爱最多。

——加尼特

每个人都有故事，连一棵树都有前生今世。

今年三月，因为整理一本散文集，我写了几篇回忆母亲的文章。有一篇写到母亲和娘家楼前的玉兰树的故事，其中有一个细节写到玉兰树开花。在我记忆中，楼前的玉兰树是春天开花的，但有关资料显示玉兰树是六到九月开花。为此，我特意回娘家，看看玉兰树，看看我看了多年的玉兰树。

三月的玉兰树没有开花，只有一树的碧绿，只有一树的回忆。

在上个世纪末，随着这幢楼的建成，一左一右两棵玉兰树就种在我家楼前。那是父亲和母亲亲手种下的。那时，他们一起挖坑，一起把树苗种下去，一起给小树培土。往后，又常常一起给小树浇水，锄草。他们把爱给了玉兰树，玉兰树也一定记住了他们恩爱的情景。

这十多年里，两棵玉兰树经历了沧桑，见证了生离死别。雷州半岛多的是台风，当玉兰树从一棵幼苗长到高过人头的时候，一场台风就把它们连根拔起。父母对玉兰树情有独钟，台风过后，他们又买来玉兰树苗，重新栽种。当玉兰树苗又长到拳头那么粗的时候，又是台风的肆虐，把右边那棵玉兰树拦腰折断。不用说，父母又买来树苗栽上。

左边的玉兰树长得很特别，在一米高处，开成两个大小相同的树干，变成“连理枝”。这让我想起白居易的诗句“在天愿作比翼鸟，在地愿为连理枝”，也让我想起黄山始信峰下那棵“连理松”。黄山的“连理松”传说是李隆基和杨贵妃的化身。去年，我在黄山，一看到“连理松”马上想起这棵玉兰树。

我不知道这棵玉兰树是哪对有情人变成的连理枝，我也不知道它的前生有着怎样忠贞不渝、生死相随的凄美故事。我只知道，它在我父母的精心培植下，已长成参天大树，有五层楼那么高了；我只知道，每年的春夏，它撑起满树洁白的花儿，引来鸟儿的叽喳，惹来蜂蝶的狂舞，还有路人啧啧的称赞，贪婪地把一树的花香吸进肺腑。

母亲走后，右边的玉兰树，在一场台风中折断了。痛失爱妻的父亲哭得死去活来，把对母亲的爱移到玉兰树上。他补种了几次玉兰树苗，奇怪的是，没有一次成活。父亲叹口气说，这玉兰树也懂人性啊，它的魂随你母亲走了，再怎么种都不会成活了！他干脆不种树了，把空荡荡留给这个树坑。后来，杂草来做伴，寂寞来相随。

在这条人来车往、热闹非凡的路上，这个杂草丛生的坑显得特别刺眼，也跟它背后豪华气派的高楼很不相称。只是玉兰树的魂没了，再种又有何意义呢?

玉兰树在四月开花了。五月，它的花更是繁茂、拥挤。昨天，我回到娘家，看到五月的玉兰花，在风雨中，脱落枝头，纷纷飘飞，像一只只飞舞的玉色蝴蝶。雨后，树上是满树洁白的纯净；树下，是满地苍白的叹息。“微风吹万舞，好雨尽千妆”，这玉兰花就是凋落也凋落得如此凄美。

我上到当年住的三楼。从楼上看玉兰树，满脑子都是它当年满树飘香时，那些花香是怎样争先恐后地冲向我打开的窗户，扑进我怀里，而我又是怎样的欢喜不已。玉兰树给我的何止是花香！还有那么多浓得化不开的亲情，那么多催人泪下的回忆。

那时，我喜欢诗歌，像诗一样美的玉兰花，自然香成一首首诗。最喜欢明代江南才子文徵明的《咏玉兰》:“绰约新妆玉有辉，素娥千队雪成围。我知姑射真仙子，天遗霓裳试羽衣。影落空阶初月冷，香生别院晚风微。玉环飞燕元相敌，笑比江梅不恨肥。”霓裳羽衣舞，是唐朝著名的舞蹈，至今其丽影仍不褪色。杨贵妃和赵飞燕是古代有名的美女，她们有着惊人的美貌和醉人的舞姿。她们的美貌、舞姿、神韵，跟怒放的玉兰花又是何其相似。在玉兰花飘香的季节，打开电脑的背景音乐，吟咏着这样的诗，浮想联翩，美不胜收。

往事如烟，我从这里搬出去住也有几年了，很久没有闻到花香时的激动了。我突然想到，这么多年，光是玉兰花给我飘香，而我从来没有给它做过什么。不知明天玉兰树又会是怎么的光景？我想到给它拍几张照片，留住它的倩影，留住芳香的记忆。

低处的玉兰花不多，高处的玉兰花发出一个个洁白的邀请，可惜我的手机拍不到。我进屋搬一把木梯子，父亲在家，就跟他说，我要给玉兰花拍照。他连连说好，还争着帮我搬梯子。

我爬上木梯，父亲就在树下给我扶着梯子。他双手紧紧抓住梯子，生怕梯子不稳，还不停叮嘱我小心别摔倒。父亲在树下，说这边的花多，拍这边；那朵花好看，拍那边。兴奋的语调，就像当年他跟母亲在树下看玉兰花时的情景。我很久没见他这么开心了。我用手机一连拍了好多幅玉兰花。拍完高处的玉兰花，我从木梯下来，从不同的角度给玉兰树拍照。

站在远处给玉兰树拍全景时，突然瞥见站在树下的父亲：消瘦不堪，形单影只。望着他孤零零的身影，我的心猛地一酸。母亲在时，我怎么没想到给他们在玉兰树下拍照啊？哪怕是一张也好！那时，他们常常在玉兰树下忙上忙下，那么多恩爱的画面我为什么没想到记录下来？现在想到了，懂得了，却是天人相隔了。双不成，影何单！

但我还是说，爸爸，您站在玉兰树下，我给您拍张照片。他连连摆手说，别拍，别拍，眼睛掠过那个空荡荡的坑，刚才还有些笑意的脸马上变得凝重了。

他一定是想起，玉兰树的魂随母亲走了！

载于《文苑》

爱情不都是轰轰烈烈的，爱情也可以是平淡的。父母的爱情没有语言，只有玉兰花。父母的爱情是在时光里，是在那两棵玉兰树的玉兰花里。

孩子，我们的白发与你无关

文 / 孙道荣

慈孝之心，人皆有之。

——苏辙

读大学的儿子，发了一条微博。

儿子在微博上说，元旦回家，吃过晚饭，陪妈妈在小区里散步，走在妈妈身边，猛然发现妈妈已经有了好多白发，那一刻，心中骤然充满了悲凉和歉疚。儿子说，妈妈忽然就老了，真的老了，妈妈太辛苦了，为自己操碎了心，而自己却一直不懂事，前不久，还为了一件小事，和妈妈在电话里闹得很不愉快。儿子自我反省，真是太不孝顺了，今后，一定要改正云云。

我和妻子一起，读了儿子的这条微博。妻子看着看着，泪眼婆娑。和天下的父母一样，我们对孩子的要求，其实很简单，哪怕他什么也不做，只要嘴巴甜一点，我们都会感动，满足得一塌糊涂。

儿子已经长大成人了，他能认识到我们为他的付出，我当然也很开心。不过，儿子，我还是想跟你说，我必须要告诉你，我们的白发，其实与你无关，你不必为此愧疚，惶惶不安。

差不多从三十几岁开始，你妈妈就有了第一根白头发。那时候，你还很小，刚上小学吧。是你第一个发现了妈妈的白发，并将它写进了你的

第一篇作文。很多孩子的第一篇作文，都是写妈妈的白发。你在作文里写道，妈妈的白头发，让你很心疼，你一定要好好学习，报答妈妈。就因为妈妈的白头发，你好像一下子长大了许多。妈妈看了你的作文，流下了眼泪。

但是，孩子，妈妈的头发，不是因为你才白的。小时候，你很调皮，不大听话，闯过不少祸，我们确实为你操了很多心，付出了很多。但这是天底下所有的父母都会做的。照顾你，教育你，本来就是我们的应尽之责。所以，那一次，我表扬了你的作文，同时也告诉你，不要因为妈妈或者爸爸的白头发而自责，那与你无关，我们不会因为你淘气，或者学习成绩不好，而冒出白发。告诉你这个，是不希望你小小年纪，就背负着沉重的心灵负担。

妈妈爱美，第一根白头发拔掉了，第二根也拔掉了……但是，这几年，妈妈的白头发，越来越多了，已经无法一一拔除了，甚至连染发剂也不能将它们很好地掩盖。与同龄人相比，妈妈的白头发似乎更多一点，除了遗传因素外，最大的原因，恐怕还是岁月的力量。有一天，我们终将满头白发，如霜如雪。这不必大惊小怪，也用不着难过。

不但我们的头发会越来越花白，更多衰老的迹象，都会逐一呈现。

从前年开始，我的眼睛已经老花了。以前戴的是近视眼镜，现在，看手机，必须要摘下眼镜，才能看清楚。看报纸，要拿得远远的。用不了多久，我不得不准备两副眼镜，一副是近视眼镜，看远的；一副是老花眼镜，看近的。你妈妈的眼睛要好一点，但也开始有了老视的征兆。

小的时候，你老喜欢和我比身高。自从 17 岁那年，你的身高超过了我，你就再也不跟我比了。现在，你比我高出足足 5 厘米。儿子，很快你会发现，你还会比我更高。不是因为你还长身高，而是因为我在萎缩。上次体检，我的身高比以前竟然矮了 1 厘米。没错，我的骨头萎缩了，背有点驼了，脖子也老喜欢往里缩，脑袋也习惯性地往下耷拉着。再过若干年，我会蜷缩成一团，像你印象里的爷爷一样。至于你妈妈，她也会成为一个佝偻着腰的老妖婆的样子。

我们的眼睛会越来越混浊，再也没有往日的神采；双手越来越粗糙，跟树皮一样；牙齿会一颗颗松懈掉落，嘴巴会变得干瘪；忘性会越来越大，刚说的事，转头就忘了；废话却越来越多，一件小事，要唠叨无数遍；更要命的是，我们的脾气会变得越来越古怪，一点点小事，就会让我们觉得惶恐无助，或者黯然神伤……

孩子，和你啰里啰嗦说这些，是想告诉你，就像我们头上越来越多的白发一样，衰老，将不可避免地降临到你的父母身上。而无论是白发，还是佝偻的腰、混浊的眼、无力的腿脚，都与你无关，不是你造成的，它们只是岁月的果实，自然的规律。你不必为此自责，甚至不必为此难过。我尤其想说的是，千万不要是因为看到了我们的白发，或者我们苍老的背影，或者我们生病的消息，而心生悲悯，才突然想起我们。那会让我们觉得，如果我们不是白发苍苍，或者生病住院，你差不多已经忘记了我们。

有一件事是与你有关的，也是你可以做到的，那就是经常回来看望我们，和我们说说话，陪你妈妈散散步。不需要任何理由和借口，就因为我们是你的父母，是你最亲的人，时刻在记挂你的人。

载于《做人与处世》

还有什么比父母心中蕴藏着的情感更为神圣的呢？父母的心，是最仁慈的法官，是最贴心的朋友，是爱的太阳，它的光焰照耀温暖着我们的心灵！

父亲

文 / 林永英

父爱是水。

——高尔基

小时常随父亲去地里干活，最常去也最愿去的是离家最远的那块地，午觉睡醒后，父亲用自行车带着我，锄头也别在车上，父亲的上衣不扣，衣襟被风吹得飘打在我的脸上很舒服，听着父亲哼着曲，看着田野的绿色，真的很惬意。

我的任务是翻那些红薯秧或是把长在根部的草拔掉，季节不同干的活儿也就不同。临近傍晚，太阳把西边染成橘红色时，我总能在这块地两边的田塍上采很多花（因此地是以前的山场），夏天是大枝大枝的黄百合，一朵朵的水嫩鲜亮，清甜的香让人真想吃一朵尝尝，这种花是好吃的，但我每次采了大抱的花也总是回家插在磨眼里好看，在香气四溢的庭院里吃晚饭，不是比吃了它更好吗?

秋季当然是那大丛大丛黄的白的山菊花了，那是一种带着点清新苦涩的香，醒脑清神。抱着这样满怀的花香坐在父亲的车后座上，父亲显得很高大，风吹来，衣襟的呼哒和着父亲的小曲，一切都那么美好。

记得考上大学时，父亲高兴得摆酒宴请亲戚乡邻，走的时候又非得雇车送我，我告诉他没必要，我可以自己坐车去的，还省钱。可父亲坚持并亲自举了鞭炮在车前放，看着父亲举着鞭炮向前来送行的乡邻们频频微笑点头的那种满足的模样，坐在车里的我就再也没能拦住泪，此时，我也许是他的骄傲吧。

现在父亲老了，身体明显不行，去年又做了个不小的手术，我和爱人及弟弟轮流看护。医生埋怨不早来，早来手术会小些，少受许多罪。我们又何尝不知，老父是怕花钱，能忍则忍了，这次是实在受不了了才来医院。做完手术后他还是惦记医药费，我和弟弟瞒着他说很少，他很高兴。终于在护士又一次送来药费单时被他发现，父亲瞪着眼看我，我只得告诉他："只要你健康比什么都重要，妈还在家里惦记你呢，你好了还得照顾妈呢。钱算什么，姐都给弄好了，放心吧。"父亲听了说了句："人老了就不中用了，还得让你们操心，你妈自己在家里，那么多的活儿要干，谁帮她哦！"他放心不下妈。

一直都觉父亲高大、坚强、严厉，没有什么事能让他屈服。手术后他乖乖躺在病床上，任由我给他抹脸擦手，眼里满是平和温顺，他笑着说，"我很满足，你们都很孝顺。"他让我看那因打针红肿的手和要愈合的刀口，这时他又像个孩子，你怎能想得到在这之前他是那样要强，他是不会让你发现他的病痛，他的无助的。现在他老了，岁月夺走了他的锋芒，无论他是严厉还是现在的平和，都是我们最爱的父亲。

载于《情感读本》

父亲一直像山一样伫立在我们心里，我们从来不曾想过，有一天他也会老去，像秋天夺去了大山的春华一样。

父爱的速度

文／安宁

黑暗时，父爱是一盏照明的灯。

——梁凤仪

那一年我读高二，正是需要加速的时候，却因为成绩的飞快下滑和老师的忽视，而自暴自弃，甘愿与街头一些地痞混混待在一起，用从父母同学那里骗来的钱吃喝玩乐，惹是生非。

老师们皆已经对我放弃，只要言行不是太过分，不打扰课堂秩序，他们也懒得搭理我，任我像一株麦田里突兀而生的野草，自生自灭。父亲并没有察觉，照例在周末的时候来看我，只是偶尔问起我的成绩时，看到我一脸的躲闪，而略有失望。但他依然在我骗他钱花的时候，一句话也不说，就将捂得发烫的钞票，一张张细细地数给我。很多次，我都希望他能骂我一顿，哪怕只是嘟囔一句“节省点花”也好，这样我心底的内疚或许会少一些。却是什么也没有，他是那样盲目地信任着自己的儿子，盲目到撒谎的理由很拙劣，连母亲都生出质疑，他照例在微红着脸的我面前一言不发。

我在父亲的“放纵”里，试图小心翼翼地遮掩起自己的劣行，但还是有一次，闹到连转身的余地都没有。是无意中参与了一场巷战，并不知道打架的目的是什么，只知道发泄似的冲上去跟一帮人乱打，打到别人都跑走了，我站在一个被打昏过去的男生面前，竟是挪不动腿，被路过的一个老师当场捉住，扭送到校长室去。而校长，只瞥一眼我劣迹斑斑的违规记录，便摆摆手说，你回家去吧，以后也不必再来了。

我就这样神思恍惚地收拾了书包，被老师遣送回家。走到门口的时候，看见父亲在院子里满头大汗地劈柴，洗得发白的衬衫，湿溻溻地贴在身上，耳边被汗水浸着的一绺白发，在阳光下，那样鲜明且刺眼。我突然想要逃掉，却是被父亲抬头叫住了。我茫茫然地将一张勒令退学的通知递给他。他看了许久才叹口气说，你在家先学习，晚上跟我去校长家坐一坐。

平生从来没有求过人的父亲，将给我攒好的下学期的所有费用，都提前支出来，换成名牌的烟酒和茶叶，而后趁了夜色，骑车带我去了校长家。这也是父亲第一次给人送礼吧，他明显地有些紧张。在一次车祸里，被撞瘸的右腿，走起路来，愈加地艰难。在昏暗的楼道里，往上爬的时候，我跟在父亲的身后，看他虚胖的背影，在栏杆上一一划过，偶尔我轻咳一声，会惊得他微微一怔，随即小心翼翼地四下张望一番，确定没有人看到，这才继续溜了墙根前行。

终于敲开校长家门的时候，父亲已是一头大汗。校长开门看到神情谦卑的父亲，先是一愣，随即瞥见低头缩在后面的我，这才明白过来。勉强让我们进去后，校长并没有因为父亲在便多么客气，他只是几句话，便将我重新回校的希望，捻灭了。但父亲却是一直微笑听着，点头附和着校长的每一句话，又几近低声下气地反复说，求校长宽容一下，给孩子一个读书的机会。一旁的我，在缭绕的烟雾里听着，突然很想冲出去，再不回头。

但还是跟父亲挨到了最后一分钟，起身要走的时候，校长很坚决地把提来的东西让父亲拿回去。父亲却是在他转身去提的那一瞬间，拉起我，便冲出门外去。而校长也动作迅速地紧跟出来，黑漆漆的楼道里，父亲如一只矫健的小兽，在后面的追赶里，箭一般嗖地飞出去，将那些阻挡他的荆棘和藤蔓统统地撞开去。而他那条微瘸的右腿，那一刻也像是被注入了一股非凡的力量，突然间无可匹敌。而百米常常夺冠的我，若不是父亲紧紧地拉着，怕是早已被他远远地落在了身后。

将校长甩得无影无踪的时候，父亲终于住了脚，扶着我的胳膊，弯腰大口大口地喘气。片刻后，他抬起头来，无比自信又无比得意地笑道：只要留下了东西，你回校读书的事肯定就有希望了。而我，却是在他的这句话里转过身去，无声无息地哭了。

果真像父亲说的，几天后，我便接到了回校读书的通知。父亲送我回校的时候，并没有像母亲一样，喋喋不休地一路唠叨。而我，也没有向父亲保证什么。但此后的我，却是在心里，将那个晚上，父亲奔跑的姿势，牢牢地记下，且以同样神奇的速度，紧咬了牙，一直跑到了高考结束。

我的大学录取通知书，是校长帮我取的。同时交给我的还有一年前父亲送给他的烟酒和茶叶。校长捶我一拳，说：你小子记住了，你能有今天，不是因为我给了你机会，而是你父亲，拖着残疾的右腿，拼命跑出来的；我从来没有见过一个父亲，有那样让人叹服的速度……

原来父爱的速度，刻骨铭心记住了的不止是我一个人。

载于《文苑》

父爱不像母爱那样表现得淋漓尽致，随处可见，他大多时候埋在心底，只是在关键时刻才显露出来。父爱的力量往往使他超越自己。

切肤之爱

文 / 佟才录

母爱是世间最伟大的力量。

——米尔

经过 10 月怀胎，37 岁的河北村妇郭立青在医院产下一子。丈夫王振东给孩子取名王子宁，期盼儿子一生平顺、安宁。

然而，儿子才刚过两岁，灾难就悄然而至。一天，郭立青发现儿子背上一个不起眼的黑痣变大了，而且越来越大，后来其他地方也开始长。夫妻俩赶紧抱上孩子去医院做检查。从县医院、市医院，到北京的大医院，他们跑了不少地方。最终孩子被确诊为先天性黑痣病变，发生癌变的概率是千分之八。医生建议孩子马上做手术，否则日后癌变的概率更大。

医生给了两套手术方案。第一套方案花费比较高：用美国进口的异体脱细胞真皮移植，供体不用承受太大痛苦，但每平方厘米要花费 1000 元。孩子身上共有 1600 多平方厘米的真皮需要移植，大该要花费 160 多万元。这对于一个普通农民家庭来说简直是个天文数字。第二套方案就是从父母、亲人身上割皮，再移植到孩子身上。

在郭立青看来，她没有选择，只能自己割皮救儿子。这时，丈夫争着要上，立刻就被她拦下了："你要照顾我们全家，还有爷爷奶奶和父母，万一你有个什么闪失，我们这个家就真完了！”

其实，郭立青还有第三个选择——放弃。但她不会那么做。当她告诉儿子，做完手术就能和其他小朋友一样玩耍时，儿子高兴地挥起手。

两天后，母子两人同时被推上了手术台。割皮手术很痛苦，医生要从郭立青身上割下总面积近 3 张 A4 纸大小的皮肤，然后再一块块补在孩子身上。任何语言都无法形容割皮的痛苦，每割一刀，她就剧烈地抽搐一次，疼痛的汗水和泪水一次次浸湿了她的头发。医生怕她承受不了，要给她用 300 元一支的止疼棒，她却说：“留给我儿子用吧，我不怕疼！”

经过 3 个多小时的手术，郭立青的皮肤成功移植给了儿子。而她的腹部、两肋、臀部，已经找不到一块完整的皮肤了。看到自己的皮肤覆盖在儿子的身体上，郭立青笑了。

然而，手术的成功，并不能减缓她术后的疼痛。每天夜里，她都疼得睡不着觉。常常是刚闭上眼睛，就突然疼醒了。她不敢侧身，那样两肋压着会疼；可平躺久了，两肋的肌肉又会坠得疼。即便如此，术后第四天，郭立青还是让医生停了药，因为他们承受不起每天千元的药费。停药后，郭立青的伤口开始硬化。医生警告说，再这样下去，她可能连腰都弯不下了。但郭立青说：“我不怕，只要孩子能好就行！”

令人欣慰的是，孩子术后恢复得很好，移植的皮肤都成活了，背部和腿上新长出的皮肤也几乎和正常孩子一样。但在他的臀部和胳膊上还有几大块黑痣，需要进行二次手术。这次的方案是，先从孩子头上割皮移植生长，再用郭立青的皮肤作为保护皮层，但这可能会用光她腿部的大部分皮肤。郭立青听了，一点没犹豫：“只要我的孩子能健康，即便用光我全身的皮肤，我也心甘情愿！”

郭立青割皮救子一事，经过媒体报道后，感动了无数的人。现在，她每天都能接到很多好心人的短信和电话，大家都称赞她是最伟大的母亲。

她却淡淡地说："哪个母亲到这份儿上，都会这么做的。"

切肤有多痛，就有多爱！这，就是母亲！

载于《特别关注》

母亲的爱是无人能及的，一个女人成为母亲的那一刻，上帝就赋予了这个女人可以震撼世界的力量。

爱在唐古拉山

文/小佟探花

真正的爱情像美丽的花朵，它开放的地面越是贫瘠，看来越格外的耀眼。

——巴尔扎克

10年前，她经人介绍认识了一位驻守西藏的边防军人。他们相知相恋，不久便举行了婚礼。可蜜月还没过完，丈夫就接到电话要回部队。军令如山，她含着泪把丈夫送上了火车。此后，他们相隔两地，一个在四川，一个在西藏，只能电话传情。

丈夫两年才有一次探亲假。想见面，只能她去西藏。可四川到西藏，来回一次的路费要不少钱。当时她已经下岗，靠一家五金店维持生活。她很想多去看看丈夫，可实在拿不出钱。

有一次，她去探亲时，看到部队上吃的都是空运过去的冻猪肉。丈夫告诉他，他们的战士要是吃上一顿鲜猪肉，跟过年一样高兴。说者无心，听者有意。于是，她琢磨着，如果把活猪从四川运到西藏，既能让大家多吃上几回鲜猪肉，也能赚些路费，多来看看丈夫。

她把想法说出来后，却遭到了丈夫的极力反对："你简直是不要命了。进藏公路艰难凶险，海拔又高，高原反应严重时会要了人命。再加上气候条件恶劣，要是遇上泥石流和雪崩，必定是有去无回。"

丈夫的“危言耸听”没吓倒她，为了丈夫，她要冒这个险。回去不久后，她便卖掉了五金店，又东挪西凑了些钱，买了1000多头猪，雇了十几台大货车，浩浩荡荡地向爱的方向进发了。

她的路线是从南充出发，途经成都、汶川、若尔盖、陇南，绕道兰州、西宁、格尔木，到达拉萨后，再经过八一、米林，最后到达丈夫部队的所在地——位于林芝的唐古拉山，全程大概3800多公里。为了能早点到，她日夜赶路。可又害怕猪无法适应恶劣条件，一路上都不敢合眼。进入藏区后，她还得强忍着高原反应，不停地给猪喂水。但由于车上装的猪太多，加上高原缺氧，赶到时，车上的猪死了一大半，亏了不少钱。

一次失败没有压垮她。随后，她用房子作抵押从银行贷了20万元，拉着500头猪第二次进藏。这次，她有了经验，顺利把猪运到了林芝。然后，她把一部分猪送给了部队，余下的卖到当地市场。因为当时猪肉市场紧俏，她终于赚回了赔掉的钱。后来，部队为了照顾她，开始从她这里采购猪肉。在接下来的几年里，她每年都往西藏贩五六趟猪，还在当地建了基地，猪的成活率也大大提高，收入相当可观。但最让她高兴的是，她可以常常探望丈夫，他也可以吃到新鲜的猪肉。

她和丈夫都沉浸在爱情和事业成功的喜悦中，却忘记了路上的危险。有一次，车队行到半路，天降大雨，山体滑坡引发了泥石流，公路被破坏，通信也中断了。而她又突发强烈的高原反应，脸色惨白，一会儿就晕了过去。和她同行的弟弟哭喊着她的名字，一边给她吸氧，一边给她服下抗高原反应的药。渐渐地，她恢复了意识，清醒过来。3天后，路修好了，她才脱离险境，见到丈夫。一见面，丈夫一把抱住她，号啕大哭。这几天，他度日如年，以为妻子真的出了意外！

此后再进藏，她都要给母亲交代好后事，告诉母亲存折放在什么地方，密码是多少……丈夫不忍心看她再冒风险，劝她不要再运猪到西藏了。可她不听，因为只有这样，才能经常见到丈夫。

后来，丈夫终于转业到了成都市锦江区人民武装部。如今，他们可以一起去菜市场买菜，一起下厨房做饭，恩恩爱爱过着幸福的小日子。

这就是我的表姐，一个四川女子演绎的爱情传奇。

载于《智慧背囊》

爱情到底是什么，她可以让人为她神魂颠倒生死相许。也可以使人谱写出一段荡气回肠的爱情故事。

原谅愚笨的爱

文 / 一路开花

母爱是多么强烈、自私、狂热地占据我们整个心灵的感情。

——邓肯

当我开始学着思考自己未来的时候，才发现他们和大多数的中国父母一样，早已帮我将人生的前20年都规划好了。他们希望我和那些叔叔阿姨一样，从小学一直优秀到大学，最后考研，衣锦还乡。

我时常不清楚自己的内心深处为何会涌出那么多的怨愤。我的人生和前途，我的爱好，甚至我的自由，全部都要由他们来安排妥当。难道，我自己就不能掌控这一切吗？

为了能和熟识的邻居孩子相比，他们时常逼迫着我学习，并在背后不停地念叨，读书才是唯一的出路。于是，我想，三百六十行，行行出状元的话错了吗？

棍棒底下出人才的理念终究是有效的。至少，它让成绩一般的我安稳地上了高中。可令我疑惑不解的是，他们曾说的上了高中以后就清闲很多，为何我还是要那么忙碌？从早到晚的课程没个休止，并且，他们的念叨亦随之有增无减。

终于熬过了高一。我被数理化折磨得差不多有点儿神经了，于是我毅然不顾他们的反对，执意选择了文科。他们开始对我说近年的国家政策，就业大局。不停地向我阐述，文科的前景是多么凄惨，渺茫。而我内心在想，社会的日新月异，难道就不会变动吗？甚至，我会把一个词联想到他们身上，那就是愚笨。他们只会跟着别人所说的路走，却不曾想过每个人都有着自身的差异性。

最后，他们开始向我妥协。可这样的妥协并非是支持我，而是打击我。他们时常会用以前跟我一起，成绩跟我差不多，而最后选择了理科的同学来和我比较，并不停地问，为什么他能学好，我就不能学好。此时，我心里在想，为什么他的父母就那么好，而我的父母却让我一点自由都找寻不到？

怀着报复的情绪，我开始厌学。我想反对他们的“霸权主义”。16 岁的我忽然懂得了此消彼长的道理，我必须做出反抗。并且，我已不想继续这样的枯燥学习生活，我想到外面流浪，闯出自己的一片天地。

于是，他们开始跟我强调，社会是多么复杂，我出去能做什么。我内心在想，我不能做什么，可至少，能比现在做得多。

这一仗，还是我落败了。而他们，最终得出了一个结论——我是一个不听话的孩子，让我混完这几年算了。我难以描述我内心的绝望，为何，连我亲生父母都不相信我的能力。

我开始没日没夜地读书，像一个机器，没有任何长远的目的。我只是单纯地想要证明，我不比愚笨的他们口中所说的某某同学差劲。

皇天不负有心人。当我在无数个挥汗如雨的日夜备战后，终于拿到了一张他们日日提及的大学录取通知书。那一刻，我没有半点喜悦，全然只有复仇的快感。我的付出终于有了收获，这也是能呈献给愚笨者的最好“礼物”。

他们为我做了一桌极其丰盛的晚宴，邀请了许多朋友和亲戚。那一刻，我感觉自己成了主角。因为在场的每一个人都意想不到会是这样的结局。亲戚都在无休止地夸我，而他们却微笑着聆听，安静地给我夹菜。我再也吃不下去了，因为我分明看到了他们已现皱纹的眼角上挂满了泪水。

优秀毕业生发言大会上，我忽然不知道该说点什么。莫名其妙地感谢着我原本痛恨的愚笨的他们。他们此时安静地坐在台下，同样微笑着凝望我，一边抹泪，一边为我大声鼓掌。

我不清楚，一向最讨厌泪水的自己为何会在那么多人面前哭了。尤其是在老师将愚笨的他们请上台后，我才发现，不知不觉我已高出了他们一大截儿。

他们依旧是如此愚笨。在那么多人面前，不懂得要面子，硬是让泪水像小溪一般恣意流淌，惹得我哽咽难言。

可那一刻我知道了，他们的愚笨，是在于他们毫不会掩饰自己心中那分过于严厉的恨铁不成钢的疼爱，是在于他们不懂得如何让那一分沉重的爱转个弯，轻柔地落在我们十几岁的心底。

原谅愚笨的他们吧。因为，那是爱。

载于《青年文摘》

父母的爱我们永远不理解，孩子的世界父母也永远不会懂。但这不能阻止他们减少一丝对我们的爱，即便方式是我们不能接受的，方法是愚笨的。

等你三分钟

文 / 侯拥华

抛弃时间的人，时间也抛弃他。

——莎士比亚

男人和儿子在一起，有一句口头禅：等你三分钟。

每次男人说完，儿子都是一副不屑一顾的样子。儿子斜瞥着眼，剜男人一眼，气哼哼地说，老爸，就等三分钟，五分钟不行吗？男人听了，先皱皱眉头，然后微笑着，很坚决地摇了摇头。

开始的时候，儿子把男人这句话当作耳旁风，后来就知道不行了。有一次，男人到学校接儿子放学回家，儿子下楼后发现作业本忘带了，转身上楼去取。男人望着儿子慢悠悠的背影高声喊，我等你三分钟，快点下来啊。儿子并不理会他，仍慢吞吞的。等儿子再次出现在楼下的时候，男人已经不见了，当然是超时了。儿子蹲下身子号啕大哭起来。自此，儿子开始把男人的那句口头禅当作金科玉律，严加遵守。

其实，在男人看来，这样的要求有些苛刻，甚至有些不近人情，但男人仍然坚持这样做。当然更多的时候，男人把它看作是一个模糊而积极的行为准则，比如，一份工作，别人需要五天做完，在男人看来，努力做，只需要三天，当然就三天啦。男人坚守的是他内心认为的那个时间。为此，男人在公司升迁极快，成了大家公认的学习榜样。

父亲做得好，儿子当然也要跟着学。可是，儿子始终不理解父亲。也曾问过为什么，可男人始终笑而不答。儿子就去问母亲，搂着母亲的脖子摇呀晃呀地撒娇。母亲听了只是淡然一笑，我认识他的时候他就这样子，没什么理由，也没什么故事。儿子当然不满意母亲的回答。问得多了，母亲才告诉儿子一些关于男人别的故事：据说，之前男人和几个姑娘谈对象，因为某些原因莫名其妙地分手了。

难道老爸是情感上受了刺激？儿子听了母亲的话更加好奇了，眼珠一转，砸吧砸吧嘴巴，撇开母亲暗自嘀咕，老爸，可真是一个怪人。没事儿的时候，儿子也偷偷琢磨老爸那句口头禅的深意，渐渐也悟出几分做人的道理，结果学业喜人。但是，儿子始终认为，这句话背后一定有一个动人的故事。

儿子 18 岁那年，有一天，男人告诉儿子要带他坐火车远行。儿子听了欣喜若狂。

那天，男人带儿子坐火车来到一个偏僻小镇。下了火车，站在一个小站的入口处，望着轰然驶去的火车，男人对儿子深情讲述起来。

男人说 40 年前，一个男孩随父亲坐火车去远方看望一位亲戚。火车行至中途，他忽然想大便。那天，父亲皱着眉头用手指了指火车上的卫生间，对他说，去那里解决就行。可他蹲在那里，半个小时过去了，愣是没拉出来。从里面出来的时候，他脸红红的，沮丧极了，哭丧着脸对父亲说，在野地里拉习惯了，在这里拉不出来。父亲看了看他，跺了一下脚，拉着他的手急匆匆去找乘务员。一个女乘务员接待了他们，告诉他们，再过十分钟，火车要在前方一个小站停五分钟，到时候，就在那里下去解决吧。父子俩听了十分高兴。

十分钟过后，火车果然在一个小站停了下来。其实，那称不上小站，不过是荒野里一个小路口而已。火车一停下，几名背旅行包的旅客就排在车门口，拼命往上挤。父亲看着，着急得直瞪眼睛，抱着他从车窗口直接丢出来了。一边抱着他，一边冲他大声说："火车只停五分钟，我等你三分钟，拉完了赶快回来啊！"

那一刻，他早已憋不住了，哪还顾得上应一声，一着地就飞快地跑下铁道，闪身钻进玉米地里。刚脱下裤子，他不自觉地回望了一眼，结果便看见火车车窗口一张男人的脸——咧着嘴，不怀好意地冲他笑。他的脸腾地就红了，提上裤子，拼命往玉米地深处钻。那天，他跑了很远才停下来，转回头，发现看不见人影了，才又蹲下身子。

恰在此时，一声长长的火车鸣笛声，从远方传来，然后就是火车咔嚓咔嚓，咔嚓咔嚓，咔嚓咔嚓的奔跑声——火车已经出发了。

爸爸，等我！爸爸，等我……

他急得哭喊起来。可是，始终听不到父亲的回应声——那一刻，父亲的呼喊声被火车震耳欲聋的奔跑声淹没了。

后来，男孩被当地一户人家收养了。15岁那年，按照童年的模糊记忆，他偷偷跑出来，坐上一列火车去寻找自己的亲生父母，可是一下火车，他就傻眼了——茫然四顾，他不知道该去何方。那次，他灰溜溜地坐火车原路返回，回到家后，挨了养父养母一顿臭骂。20岁那年，他利用大学一整个暑假的时间重新出发，经过一番周折，终于找到了生养自己的小村庄。

一切都已物是人非。

大雨倾盆的午后，他站在一座破败的土房子前面，失声痛哭。泪水和着雨水，将他的心浇得冰凉冰凉。听村里老人讲，父亲将他丢失那年，也曾多次沿途寻找，可都一无所获。不久，父亲就抑郁而死了，而母亲则另嫁远方。

讲到这里的时候，男人揪着自己的头发泣不成声。男人说，等你三分钟，就是三分钟，你为什么就不遵守呢？为什么呢？……

载于《2014中国年度微型小说》

但丁说一个人越知道时间的价值，越备觉失时的痛苦呀！父亲小时候并不理解时间的意义。火车开走与父亲永别的痛苦经历，让他明白了时间是什么。

爱的恒温

文 / 李曼

人的嘴唇所能发出的最甜美的字眼，就是母亲，最美好的呼唤，就是“妈妈”。

——纪伯伦

她不停地吃，不停地吃，一会儿蛋糕，一会儿饼干。从上火车的那一刻起，坐在我对面，她的嘴就没停过，吃得满嘴满脸都是，而且那些碎末不仅掉在了座位上，起身的时候，一些碎末还掉在我的鞋子里，我不由自主地犯恶心，看了她一眼，她却一点反应都没有。我有点不高兴了：这个女孩看起来十七八岁了，怎么吃相这么难看？而且我感觉她有好些天没洗澡了，怎么会如此邋遢？还不懂礼貌。但我真不好说什么，更不能发作，只能装作什么事都没有，继续与同伴文聊天。

“妈——妈——妈，我……”突然，她大声喊叫起来，在这个原本就狭窄而嘈杂的卧铺车厢里，她竟然像一个三四岁的孩子似的旁若无人地叫着妈妈。

“她说的是哪个地方的方言？”同伴文也瞅了她一眼，悄悄问我。

“抚州话。”虽然除了“妈”让我听懂之外，我并没听明白她后面说的是啥，但那个口音让我判断她是抚州人。

她妈过来了，不是城里人的打扮，可看样子还年轻，大嗓门。我在心里嘀咕：难怪这孩子会这样，原来有个大大咧咧的妈。瞧，闺女都这么大了，还在大庭广众之下大声嚷嚷，一点都不文静，当妈的也不管管。不过，我和文都没搭理她们，仍小声说话。

“切里西里过咔……”又来了一个大嗓门，她爸，50岁左右，穿着跟她妈差不多，好像是说他所在的那节车厢换不到下铺，夜里只能让妻子、女儿留在这节车厢。

“莫西里出沙……”他们似乎真的目中无人，还是那么大的声音，仿佛是在他们自己家。我又看了她一眼，才发现她目光呆滞，说话的时候，脸上一点表情都没有。

“估计是来北京看病的……”我和文悄悄对视，心里都这么想：唉，可怜……然而她爸她妈根本就看不出有一丝着急和焦虑，脸上总挂着笑。

车飞驰，夜渐暗，不一会儿灯灭了，人睡车静。

不知过了多久，她又开始叫妈，把我给叫醒了。睡在她上面的妈妈安慰了她几句，她安静了。

天亮的时候，她起床，站起来不小心撞到我的膝盖，马上连声说“对不起对不起”，我摇了摇头，有点尴尬，还有点难过：不是人家没礼貌，原来她是个病孩啊！十七八岁的姑娘，许多事情还需要在妈妈的帮助下完成，她自己有多少难以说清的痛苦，她的父母又承受着多少精神和物质上的压力却不能表露。

车进庐山站，文下车了，列车广播开始介绍南昌。他爸从那节车厢走过来，坐在她身边，听起来似是跟她讲八一起义，告诉她南昌是“军旗升起的地方”。她似懂非懂地听着，而且冒出一些只有小学生才问的问题，他爸耐心地回答。也许，在他的眼里，她跟那些正常的孩子一样，甚至还超过了那些孩子。

过了一会儿，她又开始叫妈，妈妈过来，坐在她身边。她突然搂住妈妈的脖子，不停地说：“妈妈，我爱你！”说得人心里颤颤的，我禁不住鼻翼发酸，眼窝发热。我侧过身，不敢正面看她们母女俩。她妈不接话，平静地捋了捋她的头发，她又说：“妈妈，我真的好爱好爱你，你却不说爱我。”她妈依然不接话。

唉，可怜的女孩，她何时才能理解，其实爱得越深就越说不出那个“爱”字。

应该会有那么一天吧，我想，有她爸她妈，有说不出口的爱一直伴着她，终有一天，她会明白。

她不停地摇晃着妈，头靠在妈的肩上。她妈一边跟她说其他的事，一边又给她递过一块蛋糕，一股淡香向我飘了过来。此时的香味儿，有一种爱的恒温。

载于《博爱》

无论是怎样一个人，智商如何，修养如何，爱都是一样的。表达爱和寻求爱都是一样的，这是爱的本能。

第四辑

那些流淌在岁月里的“私人定制”

随着时间的流逝，那些“私人定制”的物件已然陈旧，但是流淌在岁月里的脉脉亲情，却如同一片洒满阳光的湖泊，微风细雨，小燕呢喃，停靠着永恒的爱与眷恋。

Zui Meiwen

一个智障孩子的回答

文 / 芳心

孩子是母亲的生命之锚。

——索福克勒斯

他今年十多岁了，却只有四五岁孩子的智力。同龄孩子都上初中了，他却只能待在幼儿园里，看着他在那群幼小的孩子中那么突兀，她心痛无比。

然而，她无怨无悔。

当初儿子还没出生时，做产检的医生说孩子大脑发育得不好，有可能是个残障儿。

她抚摸着自己圆鼓鼓的肚子，想着医生的话，一颗心像冬天的荒漠，看不到一丝绿意。

忽然，肚子里的小家伙温柔地踢了她一脚。她笑了，好似有千朵万朵花刹那绽放，深情摇曳。

她与爱人决定留下这个孩子。

孩子出生了，是个漂亮的小男孩，与正常的孩子一般无二，没有什么差别。一岁多了，儿子和其他孩子一样聪明活泼，没有出现问题。她想：当初一定是医生的判断不准确。她双手合十，对苍天感恩，感谢上苍赐给她一个健康的孩子。

儿子三岁多的时候，爱人因车祸，再也没有醒来。

想起爱人，她心情瞬间灰掉。但看到儿子，她的心就暖暖的。

儿子六岁了，该上小学了，她陪儿子去参加入学考试。老师说，这孩子智力有问题。她不信，她说孩子在幼儿园表现一向很好的。

她带着儿子去医院做智力测试。看到结果的那一刻，她的心像被狠狠地宰了一刀。一手牵着儿子，一手握着那张智力测试表，她的眼泪喷涌而出。她感叹，命运就像一堵冰冷的墙，残忍地侵蚀着那些残存的温暖。

入不了学，她只好央求幼儿园老师继续收留儿子。她害怕儿子孤单而自闭。

几年过去了，儿子的智力没有丝毫长进。十多岁了，还不能自己过马路。

朋友劝她找个人再嫁。她摇摇头说：不能拖累别人，也不想让儿子受一点委屈，她要给儿子全部的爱。

时光一寸一寸从树影里移走，她和儿子牵手相伴，走过每一缕晨光，走过每一缕斜阳。

幼儿园老师组织孩子去看海，要求家长和孩子一起参加。路上，老师给孩子们出了一个考题:“如果妈妈和你一起出去玩，半路口渴了又没带水，而你的小书包里恰巧有两个苹果，你会怎么做？”

有孩子说：“我会把大的那个给妈妈，小的给我自己。”一片掌声，那个孩子的妈妈满脸自豪。

有孩子说：“我会把苹果全留给妈妈，我会忍着，等回家了再喝水。”又是一片掌声，都说这样的孩子长大了肯定孝顺。

很多孩子回答了这个问题，答案大同小异，都是家长期盼孩子说出的。

最后一个回答的是儿子：“如果是我选苹果，我会把每个苹果都咬一口。”车厢里的人嘘声一片，接着有人大笑起来。

望着儿子，她内心五味杂陈。不是对儿子失望，而是怕儿子在别人的嘲笑声里茫然无措。

她的眼睛开始润湿。

这时，儿子伸出手，摸着她的脸，继续说："妈妈，你不要生气，我不是想把苹果全都吃掉，我是想尝尝哪个苹果甜，我想把最甜的那个苹果给您。"

望着一脸童真的儿子，她的眼泪再也忍不住了，心里已有千朵万朵花开。

是的，命运不是一堵永远冰冷的墙，只要心中藏爱，再贫瘠的岁月，也有流金溢彩的风景。

载于《博爱》

爱不需要任何条件，缺失的智商让爱变得更纯正、真挚。

爱的进行曲没有休止符

文 / 雪原

母爱只有做母亲的才知道。

——沃·蒙塔古

下课铃声“丁零零”一响，一位30多岁的女人从学校门口快速走向二楼二年级2班的教室，背起一个男孩飞快奔向厕所。每节课都是如此，直到下午最后一节课放学回家。

她是他的妈妈，他是她十岁的儿子。

十多年前，婚后不久的她怀孕了，她和爱人是那么欢喜。去做产检，医生告诉她说怀的是双胞胎，夫妻俩高兴极了。还未到预产期，两个孩子就“争着”来到了世上。是一对龙凤胎，他是哥哥，还有一个双胞胎妹妹。他出生时仅有二斤八两，由于窒息，脑部缺氧，且小脑有积水，医生说可能会有后遗症。她默默祈祷上苍，让她的儿子健康地成长。但上天并没有格外眷顾她，儿子四个月大时被诊断为脑瘫儿。

为了更好地照顾儿子，与爱人商量，她辞职在家一心照顾孩子。孩子八个月大了，女儿已经会自己坐起来，而儿子，坐着就倒；一岁多了，女儿已经会自己走路了，儿子还基本不会走路；女儿已牙牙学语，儿子一直沉默着，不肯吐露半声。她望着儿子，多希望听他叫一声“妈妈”呀，哪怕只有一声，就可以安慰她悲凉的心。这一次，上苍没有负她，儿子三岁时，终于会说话了，那一刻，她像吃了蜜糖般，觉得整个世界都是香甜的。

幸运的是儿子的智力正常，只是肢体不协调，坐不住，也走不了路。她多方打听，听人说有一家儿童医院可以为儿子做康复训练。从此，每天天不亮，她就带着儿子赶公交车去儿童医院做康复训练，推拿，针灸，按摩，一做就是一整天。

日复一日，年复一年，无论刮风下雨，还是天寒地冻，她都坚持带孩子去做康复训练，她坚信总有一天，儿子会好起来。

儿子五岁那年接受了手术治疗，加上多年的康复训练，七岁半时，终于能够一个人坐稳了。看着端坐在沙发上的儿子，她喜极而泣。

儿子能坐了，她想送儿子去上学。家人担心儿子适应不了学校的生活，因为他没有上过一天学前班。她说不怕这个，我陪他去上课。

初进集体生活，儿子显得特别紧张，胆小，每隔十分钟就要上一次厕所，她陪在教室里，和儿子一起上课，以便随时背他去厕所。

花开花落，日升月明，儿子渐渐习惯了课堂生活，不再那么频繁地去厕所了，她就不再在教室里待着了，但每个课间，她都要从校门口返回教室，帮儿子上厕所，然后再回到学校门口等着。人少的时候，她会双手扶着儿子练习走，人多的时候，她就背着儿子。

上午第二节课后是大课间，帮儿子上完厕所，她会陪着儿子站在走廊看楼下操场学生们做操。随着广播体操的音乐声，儿子会跟着一起做，她站在儿子身后，随时保护儿子。

有人问她：每天为儿子这么操劳，累吗？她说没觉得累，看着儿子每天一点点进步，欢喜就装满了心怀。

融入集体生活的儿子性格变得开朗了，笑容也多了，会在她背他的时候说：“妈妈，尽量扶着我走，我越来越重，不想让妈妈受更多的累。”她笑了，笑得那样芬芳甘美。

她说她现在是儿子的拐杖，但她相信儿子一定会好起来，她会一直陪着儿子走下去，直到他能够自立。

爱的进行曲没有休止符，它把挫折和劫难化成无声的歌，引领我们昂首，阔步，走向生命的新绿。

载于《文学月刊》

孩子的苦难在母亲那里总是双倍的。孩子的未来是母亲的一切，苦难面前，母亲总是万能而坚毅的战士。

母亲的夹竹桃

文/一枚芳心

没有母亲，何谓家庭？

——艾·霍桑

“我喜欢月光下的夹竹桃。你站在它下面，花朵是一团模糊，但是香气却毫不含糊，浓浓烈烈地从花枝上袭了下来。它把影子投到墙上，叶影参差，花影迷离，可以引起我许多幻想……”读季羡林先生的《夹竹桃》，不觉想起母亲的夹竹桃来。

住在乡下的母亲，尤其喜欢养花。我家的小院，四季花开不断。

那年春天，邻居送给母亲一株夹竹桃，只有一拃多高，纤细瘦弱。我说这花肯定栽不活，太弱小了。母亲说不见得。夹竹桃没那么娇气，要不也不会从春开到秋的。

母亲找了一个小号的花盆，仔细把夹竹桃栽植好，放在院子里的背阴处，每天晚上，吃过晚饭，母亲都要去看一看那棵夹竹桃。母亲说白天要下地干活，但是晚上有空，一定要看看夹竹桃，夹竹桃知道有人关心它，会很高兴，就会努力缓过来的。小小的我，惊异于一棵夹竹桃也需要人的呵护。母亲看着我充满疑惑的神情，摸摸我的头，笑笑说:“这世间的万物，都是有灵性的，你对它好，它也会对你好的。”

夹竹桃在母亲的目光里，抽芽绽绿，夏天到来的时候，就长成了饱满的一盆。秋天来临，我对母亲说：“这夹竹桃今年不会开花了吧？”母亲说，那要看夹竹桃攒够了力量没。

“没有力量就不会开花吗？”母亲总是让我好奇。

“嗯，就像小孩子，没有长大之前，是不会做出漂亮的事的。”我似懂非懂地点点头。

那一年直到冬天，夹竹桃都没有长出花苞，严寒来临，母亲把夹竹桃搬进屋里，放在向阳的窗台上，此时的夹竹桃虽然只剩下几片寥落的叶子，但那挺拔的身姿，分明像极了一位英气的少年。

第二年春天，母亲把夹竹桃栽植到一个大盆里，说：“不用多久，夹竹桃就会开花。”我瞪大眼睛，却一点也没看到夹竹桃花苞的影子。

开学后，我很少关注夹竹桃，只有母亲，还是一如既往，在晚上去看看夹竹桃，说夹竹桃叶子长得很茂盛，说夹竹桃鼓出花苞了。

那一天放学归来，一进门就看到夹竹桃上面好像燃了火，走近一看，原来是夹竹桃开花了！我惊喜地呼喊着母亲，母亲说：“有什么大惊小怪，是花，总是要开的。”我不知道为什么母亲平时那么关注夹竹桃，而在它开花的时候却表现得这样“冷漠”。母亲说，夹竹桃今年会花开不断的，一直到秋天，它都会开。我望着夹竹桃，它那火红的花瓣，像一团火，仿佛在展示自己为了开花、不惧风雨的决心。

果然，夹竹桃从春天一直开到了秋天，一朵花败了，又开出一朵；一嘟噜花黄了，又长出一嘟噜；在和煦的春风里，在盛夏的暴雨里，在深秋的清冷里，静悄悄地展露着独特的风姿。迎春花败了，它还开着；菊花黄了，它还开着……因了它的存在，院子里仿佛一直都在春天里。

整个青春年少的时光，我就这样在夹竹桃的目光里走出走进，心里徜徉着温暖。

许多年后的去年春天，母亲突然晕倒，再也没有醒来，那盆夹竹桃，也在随后而来的夏天里，不知不觉地枯萎了容颜。

“夹竹桃不是名贵的花，也不是最美丽的花，但是，对我来说，它却是最值得留恋最值得回忆的花。”

载于《山东青年》

母亲每天都要看看夹竹桃，时刻关注夹竹桃的长势，这正是母亲。她只要每天能看看自己的孩子就好，她关心的只是我们每天过得好不好，并不期盼我们有什么样的回报。

那些流淌在岁月里的“私人定制”

文 / 琼雨海

幸福的家庭，父母靠慈爱当家，孩子也是出于对父母的爱而顺从大人。

——培根

一

记忆中爷爷最喜欢的事，就是在阳光暖暖的午后，搬一把老藤木椅，坐在门前串来串去地编箩筐。

爷爷的手很巧，也很有力气，藤条在他手里左右摆动，如同行云流水，不一会儿就编出一个伞叶状，然后爷爷把它们固定住，向上编起。别人都说爷爷编的箩筐结实耐用，因为爷爷是个认真的人，每次都亲自到深山里，选用最好的藤条。

路过的人常赞赏爷爷的身体硬朗，爷爷抬头，一只手遮住艳阳，乐呵呵地指着我说：“有孙子孙女在，不敢老啊！”

见得多了，我就缠着爷爷教我编箩筐，爷爷总是说：“小妮子家家的，学这粗活！”有一次，我趁着爷爷不在，学着爷爷的样子，握住藤条，编起来，还没弄两下，手就被勒红了，让我不得不放弃。

几天后，爷爷用细细的藤条专门给我量身定做了一个小箩筐，爷爷说：“那天看到你想编箩筐，爷爷才想起，我家小妮子也到了可以挖野菜的年纪啦。”

我提起小箩筐，摸着那一根根细细的藤条，不知道爷爷深一脚浅一脚，为此走了多少山路，费了多少工夫。

放学的午后，我经常踩着树荫漏影的阳光，提着爷爷专门给我定制的小箩筐，给爷爷送来泡茶的“婆婆丁”。

后来，几次搬家，我都没有忘记带上小箩筐。每每看到它，脑海里都会浮现出一个画面，爷爷坐在藤椅上，神情专注，手下的活计那么娴熟，让我想起现实安稳，岁月静好。

二

父亲是一个性格深沉、情感细腻的人，他总是精心经营着我们的小家，呵护着家里的每一个人。

那一年冬天，天特别冷，我和弟弟都喜欢躲在屋里。家里没有什么玩具，实在闲得无聊，父亲就把家里的旧铁桶制成了一个简易的烤箱，把炉子烧得旺旺的，坐在炉旁，为我们烤地瓜。

父亲用自制的铁钩子，钩住一块块洗净的地瓜，挂在“烤箱”里，盖上盖子。不一会儿，烤地瓜的香味就飘了出来，我和弟弟叽叽喳喳地催着父亲。父亲笑容可掬地戴上厚厚的手套，翻动地瓜，淡淡的炉火映照着他的脸，映照着他新添的皱纹，早生的华发。

随着炉子里“吱吱啦啦”的响声，父亲把泛着微黄的地瓜拿了出来，顾不上初出炉的温度，给我和弟弟掰开了。看着黄黄的瓜瓤，我俩再也顾不上许多，一边吹着热气，一边吃了起来。自家种的地瓜，新烤出炉，有一种特有的香，香进心里，暖进胃里。

冬日的街头，买一块烤地瓜，捧在手中，便想起了父亲，如同捧住了父亲的温度，心自生暖。

三

一个烟雨蒙蒙的清晨，我和女儿来到预约好的“泥好”拉胚体验馆。

馆内面积不大，却十分干净，到处陈列着已完成的泥塑作品，充满古朴典雅的气氛，在这喧嚣的城市能有这样一抹宁静，亦是难能可贵。店主给了我们泥，让我们先自由创造去塑，她说，怕等会专门教了之后，就失去了自己的创意了。

当我还在冥思苦想塑什么的时候，女儿小声嘀咕：“我要塑一个妈妈。”那我就塑一个新雨（女儿的名字），我想。

许久，正在我专心做的时候，女儿一把抓过我的泥塑，和自己的和在了一起。我的成果就这样被她的调皮毁于一旦，我正要生气，女儿天真地说：“妈妈，你不是经常说我是你的‘贴心小棉袄’么，我现在把‘妈妈’和‘新雨’和在一起，然后我们重新做。这样我们不就‘你中有我，我中有你’了吗？”

没想到八岁的女儿能说出这样的话来，顿时，眼泪濡湿了眼睛。多了一层特殊的情感在里面，在接下来的上色、烤制过程中，我们都更加专注认真，生怕一不小心会让“对方”有一丝伤害。这不禁让我想起一首词：把一块泥，捏一个你，塑一个我。将咱两个，一齐打破，用水调和。再捏一个你，再塑一个我。我泥中有你，你泥中有我。

或许，这首词用在彼此关心的亲人身上亦是十分贴切。虽说，后来经过店主亲自教授的泥塑烤制后十分逼真，“妈妈”和“新雨”显得有些不合章法的稚嫩，可是，我们却更加喜欢这两件作品，在心里视若珍宝。

随着时间的流逝，那些“私人定制”的物件已然陈旧，但是流淌在岁月里的脉脉亲情，却如同一片洒满阳光的湖泊，微风细雨，小燕呢喃，停靠着永恒的爱与眷恋。

载于《中学时代》

家的温暖总是让人留恋的，慈爱的母亲，深沉的父亲。幸福浸透了我们的成长，丰美了我们的心灵。

父爱的奇迹

文 / 季锦

超越自然的奇迹，总是在对厄运的征服中出现的。

——培根

她原本是一位美丽健康的女孩儿，更是备受父母宠爱的独生女，大学毕业后又有了一份很体面的工作，在所有人看来，她都是一个幸运儿。

然而，八年前的一场意外车祸，却把她从幸运儿变成了高位截瘫的残疾人。

面对这场突如其来的横祸，她一度失去了生存的勇气，多次想以结束生命的方式结束一切痛苦。然而，因为是高位截瘫，她除了头能够来回摆动外，其他的任何部位都没有丝毫知觉，也就是说，她连自杀的能力都没有。

医生告诉她的家人，她这辈子都不可能再站起来了，甚至可能连床都下不了。医生残酷的宣告并没有摧垮她的父亲，在短暂的悲痛之后，父亲擦干了眼泪，开始四处打听治疗高位截瘫的方法，他说，只要自己还有一口气在，都要想尽一切办法让女儿重新站起来。然而，这个连现代医学都很难创造的奇迹，对于一个没有一点医疗知识的农民来说，又谈何容易？可倔强的父亲却不管这些，他说只要他与女儿不放弃，就坚信一定会有奇迹。

为了防止她肌肉萎缩和生褥疮，父母每间隔两个小时就会给她做一次全身按摩，不分白天黑夜。八个月后，第一个奇迹真的出现了，她的胳膊居然能抬起来了，这样的一个惊喜不但让她和父母看到了希望，也更坚定了他们做康复治疗的信心。

后来，父亲听说磁疗针可以刺激神经，便买回来一张穴位图和磁针，每天对着穴位图往自己的身上扎针，直到找对了穴位，确定安全后，才会把针扎在女儿身上。那时，每当看到父亲胳膊上青一块紫一块时，她都心疼得直掉眼泪。在磁疗针的不断刺激下，她渐渐地恢复了部分知觉。在她的双臂可以自由活动后，父亲又让她练习做拉力环，刚开始尝试着做拉力环时，她一个也做不了，因为长时间的卧床，她的身体已经习惯了躺着供血，当她试图借助拉力环坐起来时，哪怕稍微地抬高一下头部，都会感觉头昏眼花，甚至多次休克，可为了能够实现坐起来的梦想，她在父亲的不断鼓励下，一直坚持不懈地练习。最终，她从每天做一个、两个、三个……直到以后的每天至少 150 个！除此以外，父亲还要求她每天做举哑铃运动，借以达到增强臂力的效果。而这样几近魔鬼式的训练，她每天都要坚持八个小时以上。

在父亲和她的共同努力下，她创造了一个又一个奇迹，从开始必须借助拉力环才能坐起来，到后来可以在床上自由地躺下、坐起，甚至自由地翻身，她的每一个自我突破，都会令父母欣喜不已。

再后来，她在父亲的搀扶下，居然真的能够站起来了，那一刻，全家人相拥在一起，喜极而泣。为了锻炼她持久的站立，父亲还自己摸索着为她做了一个站立架，从那天起，她每天由父亲扶着帮她站起来，随后在固定着身体的站立架上独自站立一个多小时，如今，这样的锻炼也成了她每天的必修课。

在做康复训练的同时，她还用自己并不能自由活动的手学会了打字。如今的她不但是一家网站编辑，还用了整整三年的时间，写下了一部自传体小说。她说她现在最大的心愿，就是能够找到一家愿意帮她出书的出版社，她希望通过自己的故事，帮助更多像她一样不幸的人树立信心。

当别人问她，是什么样的力量，能让她这个被医学宣告只能一辈子卧床的女孩儿重新站起来时，她流着泪说：“那是因为我有一个好爸爸，是爸爸不离不弃的爱和坚持，才成就了今天的我，如果说这是个奇迹的话，那也是父爱的奇迹！”

载于《博爱》

世界上再没有比父母的爱更神奇的了，父母的爱可以将悲痛化为力量，将厄运变成奇迹。

娘儿俩相爱的方式

文 / 冬凝

给人以光明，给人以温暖。

——萧楚女

吕梅

认识青扬爸没几天，我就知道我们中间有个小孩叫青扬。后来我与青扬爸领了证，因为青扬，就没举行任何仪式。

青扬爸有歉意，他提议出去旅游，我想了想，还是拒绝了。带青扬不方便，不带他，我又不想因为有我加入，让青扬感到爸爸对他的爱有所分割。

青扬不称呼我，不叫妈妈不叫阿姨，只是与我疏远着。平日里，他并不刁难我，我喊他他就答应，却不主动跟我说话，我不注意他的时候，他偷偷端详我，我给他送去洗干净的衣服或者给他夹菜，他说谢谢，却看都不看我一眼……我忽然意识到他是与我隔阂着，才这样小心谨慎。

可这不是我想要的。因为这不是一个正常家庭应有的气氛。我既然选择与他们生活在一起，就是为了大家都能享受到家的温暖和幸福，而不是小心着相安无事。

虽然与青扬毫无血缘，但在身份上我已经成为他的后妈。我今后的幸福，与这个小孩息息相关，与他相处是我必须面对的。

只有得到他的爱，才算拥有了这个家。

我对青扬爸说，给我们一个单独相处的时间吧。

青扬

爸爸加班。

只有我和她在家。

我有点紧张。

说实话，她不像坏人，她跟院里奶奶们描述的后妈不同。除了她笑得很好看之外，还因为她在我这么大的时候，也跟我一样得过大红花是个好孩子。她给我看腿上一块不大显眼的伤疤，那是有一次追小偷时摔倒留下的。我差点要惊叫了，她还是个英雄耶。可是她温柔地说，她不是英雄，她只是想告诉我，她不是个坏人罢了。

说这话的时候，她的手伸过来，想要拥抱我，我躲过了。我鼓起勇气问她："你当了后妈，会慢慢变成像白雪公主的后妈一样的坏人吗？"

她竟然回答不知道。我瞪大眼睛，不由得退后几步。她笑了，接着说，如果以后我欺负她或者做了不该做的事，她肯定会批评我，兴许严重起来还会打我，她说如果那样的话，我肯定会认为她是一个坏人。

这个，这个……我只好对她保证，我会做个好孩子。

她也很干脆地保证，她会做个好后妈，跟白雪公主的后妈完全不同的好后妈，照顾我，疼爱我。

"真的？"我问。

她微笑地看着我，说："我们拉钩，好吗？"

她也实在不像个坏后妈。我犹豫着，却又不由自主地伸出手，迎上她的小指。

吕梅

青扬的确对我有所戒备。

青扬的爸把门关上的声音，让小小的青扬有点坐立不安。他盯了我片刻，咽了一下口水，然后说：“我害怕后妈。”我想了想，对他说，我也害怕。我说我小时候读过白雪公主，那时候，我也认为后妈是坏人，会虐待小孩。

青扬很惊讶我会这样说。他以一个五岁小孩的智慧，接着试探着问我是不是坏人，我向他列举了很多我不是坏人的理由。

小孩到底是小孩。一时间他忘记我们讨论的问题，很崇拜地看着我。我笑起来，忍不住地要拥抱他，没想到这个动作又唤起他下意识的防备，他退了退，拒绝了我。

不过，两分钟后，他还是掉到我绕的弯子里。他小小的嘴巴微微嘟起，不很情愿地跟我拉钩，我们约定，只要他做个好小孩，我就做个好后妈。

我只是想，我要对他好，真的好。

青扬一岁多失去母亲，小小的他不懂得悲伤，在奶奶与爸爸身边长大。在最需要呵护最需要照顾的年纪，他没有感受到母爱，纵然得到大家万般宠爱，他也依然是个可怜的小孩。我们一起生活之前，对于后妈，周围人必定为他做足了功课，所以，我应该担待他对我保持的距离与防备。

青扬

她跟别的后妈不同，也跟别的妈妈不同。

我还没有尽力做个好小孩，她就真的做了好后妈。

起初回奶奶家，邻居们会拖住我问：青扬，她做什么饭给你吃？骂不骂你？打不打你？

我告诉奶奶，她对我真的好。奶奶捏捏我胖乎乎的脸，看着我快乐的样子，偷偷抹眼泪。

好多年后的一天，她也在，奶奶说，青扬，你妈妈养大你很辛苦，你以后，要孝顺你妈妈。

她笑了。她说将来我能飞多远就飞多远，我快乐她就快乐。

这话是真的。同学们都被家长逼着学习各种才艺，上什么奥数英语，可是我不必。我甚至不需要在完成作业之外与课本纠缠。我喜欢看课外书，她一捆一捆买回家，我喜欢动漫，她就尽力为我找与动漫有关的资料。

她也说过课外学习的事。她问我："想想，你喜欢学什么？"我说我都不喜欢。她很干脆地决定，那就不学。我问她："难道你不想我与别的小孩一样成才吗？"她想了想回答我："我认为对于一个小孩来说，快乐成长比成才更重要。"

为这，她曾经与我爸起了争执，最后她说："青扬是我亲生的我也会这样做，这是我爱一个孩子的方式。"

于是我就被很多每天忙于修炼各种本领的同学羡慕。他们好奇，反复地问，你妈真的不给你买AB卷？你不去英语班你妈真的不生气？你真的可以玩电脑游戏？你妈真的要你自己安排课余时间……问来问去，他们说，青扬的妈妈真好。

嗯，我也觉得，青扬的……妈妈，真好。

吕梅

我只是想让青扬知道，长大的过程，其实很温暖，也很简单。

从怯生生提防我的小孩，到自然接受我的拥抱，我用了大半年的时间。青扬的爸爸提出再要一个小孩时，我想了又想，最终拒绝了。青扬就是我的唯一。看着青扬英俊的小脸，我不舍得让他感觉半丝忽略。

再后来，青扬的奶奶觉得对不住我，反复地在青扬面前提起，将来要好好孝顺我。其实真的不必，我享受爱他，陪他成长的过程。

青扬喜欢动漫，无意各种学习班兴趣班，我给他自由。压根，我就只想给他一场没有遗憾的快乐成长。但在高考前，我与他有过一次深谈，我要他认真思考一下，将来想做什么，明确他喜欢的是什么，将来想要什么样的生活。

几天后，他有些犹豫地告诉我，想去北京，想学动漫，将来去美国深造。

我没有反对。虽然北京离我们这个城市太远。我说，向你的目标努力。

三个月后，青扬真的拿到北京一所重点大学的通知书。

我听得出，青扬奶奶话语里欣喜中透露着的歉意，她絮叨，怎么让青扬去那么远，孩子就是鸟儿，有了翅膀飞出去就难回来了。操这么多年的心，不容易把他养大，应该把他留在身边，将来……

我对青扬奶奶说，把青扬养大，还不是为了让他去飞？他应该有自己的生活。

青扬

同学们考很远的学校大多是想要逃出父母的天罗地网，可我不是，我在向我的目标努力。我决定去北京，妈丝毫没有反对，倒是奶奶，犹豫了一下。

可我还是听到了奶奶与妈妈的对话。的确，常回家看看已经立法，很多人都在说，父母有抚养子女长大的义务，长大的子女也有陪在父母身边为父母尽孝养老的义务，可是我妈，这个与我没有一点血缘的妈妈，她竟从来都不曾提醒和要求过我有这样的义务。

我突然有些懊悔，只管自己的意愿而不顾及她的感受，我是不是太自私了？

那天晚上我们一起散步时，我对她说：“妈，我想，在本地上大学。”

"为什么？"她停下脚步，扭过头，诧异地看着我。

我也看着她，"妈，您是不是太纵容我？您应该，把我留在身边的。"

她笑了。很久，她慢慢地说："如果，父母抚养孩子，只是为了把孩子留在身边为自己养老，那这爱岂不很自私？我更想你可以带着你的梦想，自由追逐喜欢的生活，好好对得起自己这一生。"

我的眼睛潮潮的，说不出任何华丽的话。

四年后，我决定报考美国一所学府的研究生。她说，去吧去吧，能飞多远飞多远。

又是两年后的秋天，当我在纽约校园做毕业前最后的冲刺时，收到她发来的一封邮件，是她和她的旅友在敦煌欢呼的照片。

她什么都没有说，但我知道，她只是想告诉我，她很好，不寂寞不孤单，无须我惦念，而我，只要过我想要的生活就好。

妈妈，我尽力，让您得偿所愿，心满意足。

青扬奶奶

我是青扬奶奶。

也许你们猜到了，青扬是个苦命的孩子，一岁没了妈，五岁那年吕梅的到来，重新给他一个完整的家，可不幸的是，十岁，他又失去了亲爸。

谁能说青扬不是世上最幸福的小孩？他爸去世后，吕梅还年轻。为了青扬快乐长大，为了青扬不受委屈，她不肯再嫁，像对亲儿一样疼着青扬。

现在，我要吕梅把青扬留在身边，将来老了有个照应。吕梅却放手，让青扬飞，多高都行，多远都行。

吕梅说，重要的不是她，而是青扬。青扬应该有自己的生活。

其实我这老婆子什么都懂。吕梅半辈子，做了好女儿、好妈妈、好妻子、好媳妇，唯独她没有做自己。人一生有很多角色，每个角色都是配角，只有自己才是主角，可是吕梅半生，唯独没有她自己。

所以，她不肯占有青扬的快乐和自由，即使以爱的名义。她站在青扬身后，那么自然地隐藏不舍与想念，微笑着送青扬飞翔。

可是你猜，远走美国时，青扬附在我的耳边说了什么？

他说：“奶奶，不管我飞多远，妈妈需要的时候，我都会调转方向，毫不犹豫地飞回家。”

青扬真的长大了。他知道，他飞翔的羽翼，是吕梅给的。

是的，这是青扬与吕梅娘儿俩相爱最好的方式。

载于《分忧》

爱的最高境界是放手，让他做最好的自己。无论是基于爱情，还是亲情。

衣锦还乡为妈妈

文 / 邹华卫

全世界的母亲是多么的相像！她们的心始终一样，都有一颗极为纯真的赤子之心。

——惠特曼

那天回妈妈家，妈妈非要我陪她逛街，破天荒的，一向节俭的她看中一件五千多块钱的羊绒大衣，象征性地试穿一下之后，她乐呵呵地把衣服递给我："来，你试试看！"

可不是？这衣服时尚的款式，明亮的色泽，的确不适合妈妈，是年轻人穿的衣服。我穿在身上，镜子里的整个人都焕然一新。可是粗粗盘算一下，这价钱，差不多够女儿暑假两次四宿五天京城游学了（自从女儿喜欢上旅游，我通常都是这样换算大件物品的价值）。我把衣服恋恋不舍地退给导购小妹，妈妈有点急："怎么不要呢？穿着多好啊，还是名牌，快买下吧，羊绒的，看这手感一点都不贵！"

上次逛街，她看上一件150元的纯棉外套，怕褪色怕起球犹犹豫豫地不肯买，其实我知道，她是想再看看有没有更便宜的。可是现在，一件五千多块钱的衣服，她却说"一点都不贵"。这瞬间我突然明白过来，妈妈是打着要我陪她逛街的旗号，目的是要我买一件穿得出门的衣服，她分明就是不愿意我年纪轻轻就受到来自家庭、孩子、事业的牵绊，穿成灰头土脸的样子，她一直希望我有精致的生活，做一个光彩夺目的魅力女人，但我总与她的期望背道而驰，就像这一刻，为了省出女儿出门见世面的钱，我放弃这样一件衬肤色的衣服。

回家的路上，妈妈不停地念叨：“你二十几岁的时候，每个月才挣一百多元钱，可你舍得拿出一个月的工资去买条裙子，现在工资翻了几十番，五千块钱买件大衣，这可是件正经衣服啊，能穿多少年，可你却嫌贵了！”

我跟妈妈解释，那时候是爱美的年纪，一人吃饱全家不饿，现在呢，上有老下有小，孩子正是花钱的时候，油盐酱醋各种乱七八糟的开支呢。再说，现在我已经不是从前的消费观和生活观了，中年了，喜欢更舒适，不讲究什么品牌时尚了。

这一下，妈妈看我的眼神已经是惊诧了：“谁不喜欢穿个品牌，求个时尚，打扮得漂漂亮亮呢，你这思想有问题。”

妈妈的焦虑从穿着上升到生活态度：“你看你全身上下，除了黑的就是灰的，就没有个亮颜色，一看就让人感觉沉闷，孩子，生活不是这样的！”妈妈很着急地说，“你过得太闷太苦了，天天除了上班就是读书写稿，要挤点时间，要学会享受生活啊！”

我几乎要笑出来了。妈妈屡次跟我说过，邻居家的女儿松，跟我差不多的年纪，每次回娘家，都是打扮得精致得体，穿着“一看就喜庆”的衣服，抱一条长毛小狗，说话慢条斯理，很清闲很享受的样子。

“那，像松那样，才算会享受生活吗？”我问妈妈。

“是啊，女人就要像松那样，把自己倒饬得精精神神的，得闲去做做什么瑜伽美容，遛遛狗喝喝茶，又不是等着你一个女人去拼生活嘛。”妈妈显得很激动。

我不知道怎样才能跟妈妈解释清楚。松的生活的确很好，可是，人与人不同，她享受的不是我追求的，相比精致，我喜欢自在朴素的衣裳，就像妈妈说“天天除了上班就是读书写稿”，这样的生活我非但不觉苦闷，反而是自得其乐啊。

我知道在“做自己”和“做妈妈期望中的女儿”之间，真是很难选择和坚持，这两种状态似乎永远没有办法和谐统一，可我也真的不希望妈妈眼里的女儿太逊色。年轻时任性不懂事，妈妈几乎操碎了心，后来懂了妈妈的苦心，我努力上进，小日子过得不比谁逊色不说，在频频把自己的文字发表在媒体上时，我以为我离妈妈的期望更近了一点，可没想到在她眼里，我的生活仍然偏离，并且越来越远。

我搂住妈妈的肩：“走，咱回去，买下好不好？”

看着妈妈脸上露出的满意的笑容，我心里很踏实。既然妈妈和我都不可能改变自己固有的价值观，那么我为什么不在妈妈面前把自己收拾得精致得体，买几套妈妈喜欢的衣服，专门用来“衣锦还乡”呢？如果这样能让妈妈高兴又放心，我真的很乐意花一点时间，花一点钱来做。

载于《家家乐》

母亲眼里，女儿是世界上最美丽的女人，一切阻碍女儿美丽的原因都是不可接受的，哪怕来自女儿的家庭。

我妈是个菜贩子

文 / 邹华卫

在这个世界上，我们永远需要报答最美最好的人，这就是母亲。

——奥斯特洛夫斯基

一

许朵的叛逆，是从厌烦“菜贩子老妈”开始的。很小的时候，她就因为老妈是个菜贩子而拒绝去菜市场。那时候，老妈还是个小菜贩子，经营一个小小的摊位。

私下里，许朵叫老妈“卖菜的”。老爸一辈子木讷少言，全仗“卖菜的”英明领导，才让许朵读中学时就过上富足的生活。可许朵还是看不起老妈，她没文化，大大咧咧一副女汉子样儿，完全不似同学牟卉卉的老妈，说话轻声慢语，举手投足，都是一股文化人的范儿。

一想到这儿，许朵就巴不得一下子离老妈远远的。

还记得那次，因为同学说许朵有个“卖菜的”老妈，许朵跟人狠狠地吵。对方比许朵高，又长得壮实，一推一搡的，把许朵推到街边的水洼里。牟卉卉送许朵回家，恰好遇上老妈，问发生了什么事，许朵气不打一处来，冲老妈吼："还不是因为你！"

老妈明白原委，跳着脚骂了许朵一顿，那声音，整条街的人都听得见。老妈骂她没出息，责问她："卖菜咋了？老娘不偷不抢，赚的都是血汗钱，丢人吗？你吃的穿的都是从菜摊上扒拉出来的……"

那时许朵年少，心里还是畏惧真正发火的老妈，表面没敢还口，心里在反驳，哼，没人愿花那沾着烂菜叶子味儿的钱！

不过，许朵老妈的菜摊，经营得还真不错。她做买卖实诚，不短斤不缺两，人又热情活络，所以顾客明显比别人多出几倍，以至于钱越赚越多，后来弃了菜摊开起菜店，取名诚信菜店。再后来，发展起十多家连锁，直接从菜地拉回"有机蔬菜"供应。

每次，看到蔬菜涨价的消息，老妈都掩饰不住兴奋地计算能多赚多少钱，还经常在许朵和许朵老爸眼前显摆，这一次把给菜农的价格压低多少，那一次又超载多少……

家里因为"卖菜"发家，盖了楼房，买了轿车，吃的用的应有尽有，但许朵，她总觉得老妈骨子里都是市侩气，典型的无商不奸，是"唯利是图"的暴发户。所以许朵不像有钱人家的孩子那样大手大脚花老妈的钱，因为在她看来，不管老妈的职业还是素养，都不值得敬重，以至于在叛逆期，这种心理更加突兀起来，坚决要让自己和老妈的人生拉开距离。

二

读到高中，许朵决定住校。可老妈不同意。老妈说："牟卉卉跟你一个班，人家咋不住校？你住校，我也不放心。"

这话说出来，许朵"哧"地冷笑一下，压根儿就不想服从。

为住校，许朵跟老妈争执了很多次。老妈的态度与语气，是不容争辩的坚决。许朵眼看没戏也急了，说如果不住校，那就读家门口的职业高中得了。

许朵考进的那是多少人羡慕的重点高中啊。话戗到这里，老妈也恼了，一拍桌子，你随便，到哪儿读都无所谓，不读老娘也养得起。老娘不读书，一样赚钱活得滋润。

这话正冲了许朵的嗓子眼儿，也就你，赚这种没质量的钱！

老妈一听这话火气大了，啥，嫌老娘的钱没质量？你吃的喝的哪来的？有本事，别花啊。

不花就不花。许朵丝毫不妥协，你以为我稀罕。

眼看着娘儿俩剑拔弩张，老爸赶紧当和事佬，劝了许朵劝老妈，最后老妈拗不过许朵，只好依她住校。

但让许朵没想到的是，开学的时候，老妈不仅自作主张执意开车把她送了过去，还一见如故地跟许朵的班主任聊上了——那班主任经常光顾老妈的菜店，有次还粗心地把手机落在店里，老妈清店的时候发现，把手机送上门时，她还不知道手机丢了。

老妈眼尖，竟能一眼把人认出，还把这茬儿说了出来。她卖菜的大嗓门儿一嚷嚷，引得同学们纷纷侧目，于是开学当天，全班都认识了许朵——她妈是卖菜的——家喻户晓的诚信菜店的老板娘。

许朵感觉自己头大不止一圈，恨不得找个地缝钻进去。坚持住校就是想离老妈远一点儿，不想让同学们知道她妈是卖菜的，不再受她的影响，可是一天没过，又被她罩在她的影子里了。

许朵简直沮丧透了。

三

因为卖菜的老妈，许朵不由自主地在同学面前显现出自卑，甚至承受不了一些善意的玩笑。一次午饭时，同桌打了一份略贵的杏鲍菇炒肉片，分给一起吃饭的许朵与牟卉卉，牟卉卉欣然接受，许朵攒着眉头说不喜欢，同桌絮絮道："忘了你妈卖菜啊，哎，你真幸福，啥稀罕菜都吃够了吧？"

许朵一下拉长了脸，"啪"地把筷子一拍，饭也不吃了，扭头就走。弄得同桌半天没醒过神来，不知道许朵是发的哪门子火，好在有牟卉卉帮她圆场。

后来大家就都知道了，许朵很介意别人提起她老妈卖菜，于是在她面前说话的时候便有所顾忌。而许朵，也在大家聊起老爸老妈的时候，找借口溜出去。由此，许朵对老妈的恨更多了一重，老妈那种没心没肺的显摆，明摆着就是土豪暴发户的招数，真正有素养的人，在人前总是低调而谦逊的。

而老妈还是老妈，她丝毫没有感觉到许朵的"不爽"，过了一段时间，又跟学校管后勤的校长扯上，零利润为学校食堂送菜。老妈得意扬扬地对许朵说，你们校领导说了，你吃饭不用花钱，想吃啥就去吃啥。

许朵简直要崩溃了，但这次，她默然不语，只是坚决不肯再去食堂，宁愿去学校门口吃那些不卫生的廉价小吃店。结果没几天就吃坏肚子，患了急性肠炎，被送到医院打点滴。

至此，老妈终于知道许朵的抗议行为，她又气恼又意外，大声责问许朵到底想干吗。许朵把头别过去，斩钉截铁地对老妈说："你再来我们学校拉关系，我就离家出走。"

老妈变了脸色，她哆嗦着嘴唇，抬起手掌，可看着许朵苍白的小脸儿，还是无力地放了下来，叹口气，转身走了。

四

许朵决绝的抗议方式取得了成效，老妈终于消停下来。

许朵重新开始吃食堂，她只要简单的饭菜，维持温饱，因为她觉得这样的抗争之后，再多花一分钱，都是对老妈的妥协与认输。她分外努力，只想远远离开这里，甚至打算读大学之后，就找一份家教养活自己。是的，她要坚决而彻底地与“卖菜的”老妈脱开干系。

可到底是长身体的时候，功课越来越紧张，高二上学期，许朵明显显出营养跟不上的疲累。也恰在这时，牟卉卉老妈找到许朵，以一个母亲的身份急切求她，朵朵，你知道卉卉也住校了，她不许我中午送饭，可营养又实在跟不上，阿姨求你，跟她做伴儿吃饭好不好，她说只要你同意我给你们俩送饭，她就同意。

许朵过意不去，可看着牟卉卉老妈期盼的眼神，终于点头。许朵想，这才是爱孩子且有素养的妈妈，不像自己老妈，永远不考虑后果，总把事情做得那么浅薄。

牟卉卉老妈每天中午送来的这份丰盛午餐，及时为许朵补充了一份能量，有了足够拼搏的体能，加上要远离老妈的动力，许朵的状态越来越好，高考时发挥出超常的水平，以至于可以随心所欲挑选一家远离家乡的一流大学。

许朵兴奋，想起答谢牟卉卉老妈的午餐，却不承想，牟卉卉老妈微笑着揽过许朵的肩膀，对她推心置腹：“朵朵呀，你是真把你老妈逼急了，就为你多吃点儿，来求我，求卉卉想了这么个办法。孩子你说，卖菜怎么了，靠自己奋斗把生意做到这么大，不值得你自豪？知道吗，阿姨的爸爸残疾，他是捡破烂儿供我读完大学的，我一辈子都为他骄傲，他了不起啊……”

这些话，一句一句戳在许朵心窝里。

话语如蚕，心似桑叶。

真的，老妈有什么错？纵是有商人的各种缺点，却也不偷不抢赚血汗钱，竭尽全力爱自己的孩子……

许朵简直就想给自己一耳刮子。

那天下午，许朵去了老妈的菜店，老妈没有半丝老板的架子，正弯着已然有些佝偻的身子，跟员工一起码菜称重。许朵愣了愣，过去接过老妈手里的菜，轻声说："妈，您歇着去，我来吧。"

载于《分忧》

莎士比亚说，丑恶的海怪也比不上忘恩的儿女那样可怕。我们总被虚伪的表象迷惑，蒙蔽了心智，最后还是我们曾经憎恶的母亲用爱帮我们擦拭了心灵。

再见了，记得温柔相待

文 / 胡识

一个老年人的死亡，等于倾倒了一座博物馆。

——高尔基

我记得小时候的某个晚上，妈妈在房里收拾衣物，爸爸蹲在犄角旮旯，我和弟弟跪在泥地里打弹珠。突然，爷爷从另一个屋里跑出来，他张开双臂重重地说：“娃，从明天起，你两兄弟由爷爷养。”“啪”，弟弟的弹珠打中了我的弹珠，爷爷的眼珠子有些木讷。

我抬起头，用狐疑的眼神看着爷爷，你养？

“那爸妈去哪儿？”弟弟将赢回来的弹珠塞进汽水瓶里，侧着身子问。

“爸妈明天去打工！”爸爸从地上捡起一枚石子往院子里的泡桐树身上扔。我看到爸爸的脸变得煞黄，焦黄，像被土烟熏了整整一个冬天。

那一年，爸爸做谷子买卖赔了大本，为了还债，爸爸要带妈妈去深圳打工。妈妈说，再过一个月就过年，不能离开老家。妈妈死活也不同意。结果，爸爸撕破面子和里子，酗酒，抽烟，和妈妈干了半个月架。

腊月二十，爸爸坚决要走，他一个人跑到房里卷起铺盖。妈妈愣愣地倚靠在泡桐树上盯着爸爸的背影，像极了一只在偷偷抹泪的小麻雀。妈妈显得有些孤单。

爸爸转过身，妈妈急急忙忙地用袖子揩揩眼睛，看了爸爸好几眼，再走向前，又一把拉起爸爸的手，吃吃地说："孩子他爹，你不能一个人走！"爸爸搂住妈妈的腰，他的眼睛有些湿润。

大人们都说爷爷有一双顺风耳，爸妈打算外出打工，不在家过年的事瞒不过爷爷。爷爷很生气，他说，没钱也得在家过年！

大人们也说爷爷是"刀子嘴，豆腐心"。最后，爷爷还是没能帮我留住爸妈。我嘲笑他说："爷爷，你老了，真没用！"

爷爷蓦地汗毛倒竖，唉，怕是真老了吧？！

第二天，我看到爸妈背起蛇皮袋，走进野鸡车，爸爸弓着背，妈妈的脸埋在玻璃上，他俩同我们挥挥手。我很好奇，睁大眼睛问爷爷："爷爷，爸妈在干吗？"爷爷从口袋里摸出一根香烟，跟泡桐树在冬天沉默一样，树上没有半片叶子。直到野鸡车渐行渐远，爸妈的手摇晃得厉害时，爷爷才吞吞吐吐地说，你的爸妈在同我们告别。

"那告别是什么意思呢？"弟弟反过头问。

"告别就是和我们再见。"说完，爷爷的泪花一股脑地从眼缝里渗了出来，爷爷的土烟被打湿了。我感到有些难过。

那是我第一次体会再见的含义，原来再见是，当亲人快要在我们的面前消失时，我们不会站在原地一动不动，会伸出手来或是拔腿去追，也会慢慢流泪。

爷爷的那根土烟是爸爸前两天和爷爷吵架时，一气之下扔掉的。爷爷把它捡了起来，藏在兜里。怪不得我看他的裤兜总是鼓鼓的，跟藏了很多个馍一样。

我问爷爷，烟好吃吗？

爷爷点点头，不一会儿却传来一阵阵呛咳声。

三年后，我陪爷爷去医院做 LB(肺活体组织检查)，大夫说爷爷得了肺癌，得抓紧时间做化疗。爷爷不信，连连拍着胸脯说：“你胡扯，我的肺杠杠的。”爷爷从大夫手里抢过化验单，拉起我的手朝外走。一路上，他咳个不停，我很担心。

晚上，爸爸打来电话，我说爷爷得了肺癌。爸爸也不信，他骂我是乌鸦嘴。爷爷在一旁跟着凑热闹说我不懂事，说他的命硬得很，还故意说得好大声。爸爸信以为真，挂了我们的电话。

可没过多久，爷爷就病危入院。他呼吸又低又沉，我坐在床边哭着说：“爷爷，爸妈马上就会回家。”爷爷转过脸来，面色惨白，眼珠子一动不动。我大声喊：“爷爷，爸妈马上就会回家。”爷爷的手靠着棉被，枯柴一般，很慢很慢地举起一点点，抓住我的手，我紧紧握着爷爷的手，说：“爷爷，你怎么啦？你倒是说话啊？爸妈马上就会回家！”爷爷声音很小，低到尘埃里，就像当时爸妈坐在野鸡车里隔着玻璃同我们告别一样。

爷爷说：“娃，爷爷养不大你，要走了，你得好好读书。”

我说：“爷爷不养我，我就不读书。”

爷爷说：“爷爷要走了，养不大你，你要好好读书。”

我大声说：“不读书！”我回过头，看见站在门口的爸妈，他们脸上挂满眼泪。我又把头低下来，看见爷爷的手，抓着我的手。我换了种口气。轻声细语地说：“好吧，我好好读书。”话音一落，爷爷的眼珠子往上一翻，爷爷走了。那是我见过的最撕心裂肺的场景，爸爸跪在爷爷的床头边泣不成声，妈妈搂着弟弟的头哭得歇斯底里，我把耳朵贴在爷爷的胸脯上哭。

爷爷说：“娃，不哭，俺会好好养你。”

我说：“我才不要你养，我要爸妈养，他们得回家。”

爷爷说：“你的爸妈和我们说完再见后，会很晚回家。”

我说：“爷爷，但是我怕。”

爷爷摸摸我的头，说：“乖，有爷爷在，咱不怕！”

后来，每当我经历一场告别，爷爷的声音就仿佛飘荡在空气里，人潮里，让我感到温暖而又踏实。这是我生命中最珍贵的一场再见，因为再见，我懂得珍惜我们在一起时的幸福时光，我懂得温柔相待。

载于《课堂内外·文摘》

时间易逝，人生中最不缺少的就是离愁别绪。离别是为了下一次相遇的开始，相守的时光才变得美丽。

厚重的父爱亲情册页

文 / 奇清

父爱是沉默的，如果你感觉到了那就不是父爱了！

——冰心

父爱的奇迹是有惊无险。

1976 年 6 月 27 日，以色列的一架空中客车被国际恐怖分子劫持，为首的是德国人博泽。飞机上乘有 258 人，博泽将其中的非以色列人予以释放，被控制的人质 106 人。

他们要以人质交换被关在以色列的德国和法国的 53 名恐怖分子，最后期限定在 7 月 1 日下午两点。为表示决心，心狠手辣的博泽让手下将人质中一名“不听话”的中年人残忍杀害，人质的处境越来越危险了。更棘手的是飞机降落在以色列的死对头乌干达的恩德培国际机场。

眼看就到了 7 月 1 日上午，离最后期限只有几个小时了，以色列总理拉宾召开的紧急会议仍没有定论，死神狰狞地一步步向人质逼近……

猛然，一个人不顾一切地闯入拉宾的总理办公会议室。正焦头烂额的拉宾更是气不打一处来，命令保卫人员将来人拖出去。那人却掷地有声地说：“先别动手，我就几句话，请你们无论如何让我说完，说完后哪怕枪毙我都行！”

此人是纳赫·肖姆隆，时任以色列的伞兵司令。会上他说出了自己已苦苦思索了两天的“雷电行动”计划，经过一番磋商后，会议同意了纳赫的计划。

接下来争分夺秒开始行动了，为了争取时间和实地侦察，纳赫亲自带了几个人前往乌干达和劫匪谈判，他佯称交换人质涉及几个国家，需要时日。博泽同意将最后期限延迟72小时。

一切按计划进行着。7月3日，四架“大力神”运输机搭载着以色列四组280名的突击队员，在夜色的掩护下从特拉维夫军用机场秘密起飞。经过八小时的超低空飞行，神不知鬼不觉地进入乌干达，降落在了离以色列4000公里外的恩德培国际机场。

下了飞机后，纳赫带领着队员们分别乘坐随运输机带去的六辆黑色格塞德斯吉普——这是乌干达总统平日爱坐的车。突击队员们还一律穿着乌干达军装，脸上涂上油墨，扮成黑人。

不一会儿，这群没有人怀疑的“乌干达高官”到达了关押人质的新航站楼。透过窗户，纳赫一眼就看到了人质中的几个女孩，蓬头垢面地挤在一个角落哭泣着。纳赫立即用希伯来语向航站楼大声喊：“我们是祖国派来营救你们的，所有人质都赶快趴下！露茜，我是爸爸，快用希伯来语让他们全都趴下！”

露茜愣了一下，马上反应过来，用希伯来语高喊：“大家都趴下，我爸爸是伞兵司令，他带人救我们来了！”是的，露茜就是纳赫17岁的独生女儿，她是趁暑假搭载这架飞机前去巴黎探望母亲的。

希伯来语是以色列人的母语，没有人质听不懂，他们一个个全都趴了下来。但劫机者听不懂，这些人也压根儿不相信以色列军队能来到有乌干达士兵保卫着的航站楼，劫匪们就傲慢地站着。纳赫一声令下，近百名突击队员们一起开火，只不过十几秒钟，十名劫匪全部丧命，博泽身中70多弹。

同时，外面的战斗也开始了，由于乌干达士兵毫无提防，只不过几分钟时间，45 名士兵全被消灭。为了防止乌干达的空军追赶，纳赫又下令将不远处停机坪上的 11 架苏联产的米格战斗机全部炸毁。

从战斗打响到结束，整个过程不到 20 分钟，成为解救人质的经典战例，包括美国西点军校都将其作为教材向学员讲授。

是女儿让纳赫有了超常的智慧和勇气，也是因女儿让拉宾最终批准了他的计划，批准时，拉宾这样说：“谁没有女儿呢！”航站楼中，女儿的话是最有力的召唤，又有谁不相信父亲对女儿无私的爱呢！

世间常常有奇迹发生，而其往往书写在无比厚重的父爱亲情册页中。

后记

有这样一句话：“露茜，我是爸爸，快用希伯来语让他们全都趴下！”

女儿在生死悬于一线时，听到这句话，也许觉得父亲的到来是神灵乍现；不，或者露茜并不觉得父亲的突然出现有多么神奇，因为他是父亲，有着世界上最神圣的父爱。神圣就是奇迹，父爱就是在常人眼中不可能的事能奇迹般地发生。

“露茜，我是爸爸。”对于这位父亲来说，是智慧，是骄傲，是镇定。而当我读到这句话时，宛若它是倏烁晦瞑的闪电，震撼了我的灵魂，照彻了我的心灵，因而写下了这个故事。

载于《语文周报》

父爱是沉默的，黑暗中，他不会像母亲一样说，孩子不要怕，有妈妈在。灾难面前他却会说，不要怕，我是爸爸。

捕获心灵的赏金猎人

文 / 张艳君

心心相印的人，在悲哀之中必然会发出同情的共鸣。

——莎士比亚

被追捕的人不光不仇恨追捕者，而且还对其充满敬意，足见这追捕者不同一般。

出狱不久，他便引起了媒体的注意，对他进行连篇累牍地报道，甚至美国 A&E 电视台专门将他的故事编写成剧本，拍摄成一部真人秀电视剧。这部名字叫《猎犬：赏金猎人》的电视剧同时在美国多家电视台播出，一直高居收视率的榜首。人们不禁惊呼，他有可能成为年度最炫目的人物。他就是 1960 年出生于美国丹佛的杜恩·李·查普曼。

从小就想当警察的查普曼后来知道有赏金猎人这么一个行当后，很快就被吸引住了。他也真正做到出手不凡，第一次就抓获了一个联邦调查局通缉的嫌犯，由此让他声名大振。2006 年，有着十年赏金猎人生涯的他，成绩已令同行们望尘莫及。就在查普曼对订单来者不拒，并雄心勃勃地树立抓捕 4000 名嫌犯的目标时，他自己却出事了。

一般的赏金猎人一年可以经手 80 到 150 个案子，每成功一笔，可以拿到保释金的 10% 至 20% 的提成，许多嫌犯保释金高达 100 万元，也就是说每成功一个案子就可能得到 10 万至 20 万美元。赏金猎人收入巨大，但是他们却每周须工作 80 到 100 小时，且无论出入地带如何危险，他们都得把脑袋别在裤腰带上去行动；被抓捕者还会雇人对赏金猎人实施暗杀。危险还远远不止这些。

2007 年，查普曼要抓捕一名嫌犯时，对方进行激烈反抗，他瞅准机会一脚踢去，不意踢断了嫌犯的左腿骨，担心自己成为废人的嫌犯绝望自杀。令人意想不到的是，这是一起冤案，嫌犯的家人提起上诉，查普曼涉嫌故意伤害，被判处入狱三年。

人们无不认为这次对查普曼是一次巨大的打击，也许他会另选职业。然而，在强迫自己进行高强度的劳动改造，减刑一年出狱后，他依然继续赏金猎人的职业，因为他想的是自己在哪里跌倒就一定要在哪里爬起来。如何洗刷掉自己身上的污点，以全新的面貌出现在人们面前？其实在服刑时他就早已想好。

原来十年前，查普曼将一个嫌犯抓获，正要带着嫌犯离开时，突然听到身后传来孩子的哭声，查普曼回头一看，只见一个三四岁的孩子哭喊着追了出来……孩子那撕心裂肺的哭喊声像一把利剑插在了他的心上，有多少孩子像这样成了孤儿，他疼爱地将孩子一把搂在怀里，此后，这个叫汤姆的男孩被他收养。

毕竟他没有照顾过孩子，尤其在收养第三个孩子查理后，查普曼被孩子哭闹得经常整夜不能睡觉。一个曾担任过查理幼儿园老师的年轻女孩贝丝在得知这一情况后，主动为他来照料孩子。没过多久，因为他的善良，她爱上了他。随着查普曼抓捕的嫌犯越来越多，夫妇俩收养的孩子增至 23 名。

查普曼出狱后，媒体从 A&E 电视台给他拍摄的真人秀电视剧中，已看出了一些端倪，预计他今后的路会借助善良前行。媒体的眼光一点儿也没错，再次成为赏金猎人的他很快投入到新的抓捕工作，嫌犯名叫赫克特，是一名总能逃脱的毒品走私嫌犯。那次，正在赫克特为自己再一次成功逃脱而暗自庆幸时，想不到一个稚嫩的声音传来：“你被包围了，举起你的手，走出来！”警惕性极高的赫克特听得出这是录音，立即掏出手枪，企图再度逃脱。然而就在这时，孩子们对他说："赫克特叔叔，你还想躲到什么时候？难道一直放着家中的孩子不管，最后让他们像我们一样无家可归吗？"这可不是录音，五个孩子就站在他的对面，赫克特如同被电击一般，身子颤抖着，手枪从手中滑落，整个人如同倒空了的袋子一样软了下去……

此后三年间，查普曼并不只是抓捕，他对案件进行甄别，在他的帮助下，30 多名蒙冤潜逃的嫌犯被定为无罪而回到亲人身边；那些有罪的逃犯绝大多数会老老实实地认罪，由查普曼带着到司法部门服刑；一大批嫌犯因表现良好得到减刑，许多人出狱后和他成了朋友。

查普曼的声名更为响亮了，嫌犯对他由过去的闻风丧胆到充满敬畏，甚至将被他抓住当成标榜身份的一种标志：如果逃犯是由查普曼送进监狱的，那么该犯人在监狱里会拥有较高的威望。随着他的声誉日涨，竟然使得保释公司每年的盈利下降近十个百分点，只因为被抓捕归案的人少了，而主动自首的人与日俱增。查普曼说："包括我在内的赏金猎人能退出历史舞台就是我的理想。"

2013 年 7 月的一天，《每日电讯报》对他进行特别专访，要他用一句话概括成功的秘诀时，他说："高明的猎人捕获的不是肉体，而是心灵。"

当一个人以一颗善良的心对待他人时，即便一度迷失成了罪犯的人，也会以一颗悔罪的心灵重新回归世界，人世间由此会少了一些暴戾，多了许多温柔和谐。

载于《辽宁青年》

有着怎样的童年，就会有什么样的成年。时间久了，已经习惯拿成年人的眼光看待世界的我们往往只能看到事件的表象，忘了本质。是孩子教会了我们以温柔的心去探寻心灵的世界。

第五辑

月亮的光芒

我觉得真幸福：谁曾想到，在星星懊恼着月亮太耀眼，掩盖了自己的光芒时，那可爱的月亮，却一直用亲情之光在悄悄照耀着星星，让那颗一直自卑的星星在爱的光晕中，折射出了自己的光芒！

Zui Meiwen

孝是一条向死而生的道

文 / 清翔

事其亲者，不择地而安之，孝之至也。

——庄子

孝道是一条什么道？是一条向死而生的道。

牵挂是行走在孝道上美的精灵，牵挂是人间至真的思，至真的情，至真的爱，当牵挂变成濒临死亡的一份至孝时，却会出现向死而生的至情至爱的奇迹。

26 岁的她是江苏吴江市人，一年前，她的病情突然恶化，她对死已早有准备，自己要安安静静地去，莫悲伤，以让已为她几乎耗尽心血的父母少受一些失去女儿的悲痛与折磨。可当她连说话的力气也没有了，真正面对死亡时，还是忍不住久久闭上眼睛，任泪水恣意横流……

父母用半生的心血来抚育她、治疗她，自己却没能尽一天孝心，就这样撒手而去，对得起生育她的父母吗？不，不能这样！一定要为父母做点什么，哪怕医生说自己只有三个月的时间了！

她申请了一个微博，经过深思熟虑后，发出了一条信息："病魔让我无法自由呼吸，我不害怕死亡，遗憾的是我没能给父母留下什么，没能尽一天孝。我想捐献我的眼角膜，可是有一个请求，请他（她）每个月用我的双眼去看望一次我的父母……"

“上帝给了我黑色的眼睛，我却要用它寻找光明”，她是要给将处在沉沉黑夜中的父母一线光明。她的这条微博一经发出，就宛若电光石火映入人们的眼帘，在备感刺目痛楚时，人们的心灵也受到巨大的震撼！

大家纷纷伸出援助之手，随之，是她接受采访，签署捐献志愿书……忙完这一切，她已是气若游丝。在她安心等待死神降临时，有好心人为她的父母提供了一条信息：无锡市人民医院可以做肺移植手术。就是这么一条弱弱的如萤火般的光亮，父母却将其作为爝火一般的希望之光，他们揣着女儿的病历连夜赶到无锡。

原来她患的是混合性结缔组织引发的肺纤维化病，到晚期患者会因呼吸衰竭而亡。接待她父母的是陈静瑜教授。陈教授仔细看了病历后，为难地说：“一般进行肺移植的患者是由类风湿等病引发的肺纤维化，目前国内尚没有移植成功的先例。况且此病移植手术风险高，费用也至少要 50 万元……”见他们那极度期盼的眼神，陈教授又说，“你带她来看看，看看能不能拼上一回！”

在父母眼中，陈教授的话简直就是满天的光明！可上哪儿找 50 万元？为照顾女儿，他们已双双没有了工作。看来唯一的办法就是以房子作抵押去贷款。她坚决不同意，可父母却铁了心要救女儿。

当晚，她在微博上写道：“父母卖掉房子为我筹钱动手术，可卖了房子，他们住哪儿？如果我现在离开了，他们起码有一个安身之处；如果我手术后离开，那就把他们拖到水深火热之中了……这个房子不能卖！我唯一的愿望，是快点寻找到能接受我条件的眼角膜受捐者，然后安心离开。请求大家帮帮我！”是的，她已是一心向死，只想在到达生命终点前，铺一条没有女儿同行，也能让父母蹒跚而行的路。她叫陈婷。

孝行的道从来都是一条康庄大道，陈婷的这条微博被一位多年从事慈善事业的网名叫“老猫爱生活”的偶然读到。那字字泣血，每一个字都呈现出山一般高、海一样深的孝心，让“老猫爱生活”彻底震撼了，他当即飞快地在微博上留言："我来帮你！请把你的联系方式告诉我。"然而一整天过去了，没有回音。善心生智的"老猫爱生活"很快意识到陈婷病危，已不能回复了。

次日一大早，陈婷的病房来了一位中年女子，她就是"老猫爱生活"。她曾经救助过一位患同样病的女孩惠妮，不幸的是，50万元手术费还没筹齐，惠妮就含悲离开了她无比留恋的人间。绝不能让惠妮的悲剧重演，"老猫爱生活"果断地对陈婷的父母说："先送无锡准备移植。钱，由我来筹！"

在"老猫爱生活"的热心筹备下，很快就收到爱心捐款20多万元。同时，无锡市医院、无锡市红十字会、无锡市政府，也都伸出热情善良之手，短短几天，筹得的善款就达30多万元。陈静瑜教授还为陈婷争取到外地治疗的医保报销，肺源也幸运地找到了……

手术移植非常成功，半个月后，陈婷回到普通病房，面对父母和医生，她说的第一句话就是："自由呼吸的感觉真好！谢谢医生，谢谢所有好心人……"陈教授欣喜地对她说："不用谢我们，是你的孝心救了你！"

古人言："动天之德莫大于孝道。""孝道"是一条光明大道，一个一心求死只为尽孝的人，会感天动地，虽向死而生。百善孝为先，孝道是我们做人的基石。

载于《辽宁青年》

百善孝为先。每一个人都应遵从孝道，这是立身之本。一个没有孝心的人，是不会成功的。

父亲不是百度

文 / 罗光太

父亲和儿子的感情是截然不同的：父亲爱的是儿子本人，儿子爱的则是对父亲的回忆。

——欧洲谚语

小时候，我很崇拜自己的父亲，觉得他无所不能，只要我搞不定的事情，询问他一定会有解决的办法。

父亲是一名建筑工程师，设计、绘图、预算、施工、结算，样样在行，参与建设了很多优质工程。我很为自己有这样能干的父亲骄傲。我会指着路边的高楼对别人炫耀："这房子是我爸爸建的。"

那时，我容不得别人在我面前说父亲的任何不好。我想，很多人都有过这样的经历吧，我们爱着自己的父亲，他是我们年少时心中的神，是比百度还无所不知的能人。

可是随着年纪渐长，在学校读了十几年的书后，有一天，我突然发现，父亲其实也很平凡，甚至只是一个平庸的中年人。他一样有很多不知道的事情，甚至有些字不会写还得问我。那些事并不难，可是父亲居然不懂。他怎么能够不懂呢？我非常吃惊，心里第一次对父亲的无所不能产生了怀疑。

电脑普及后，我们家也买了一台。在我看来，电脑操作是一件再简单不过的事情了，可是父亲居然要花钱去学。“自己买本书翻翻就懂了，很简单的。”我说得轻描淡写。但父亲摸着鼠标，在桌子上划来划去，却怎么也不懂如何“复制”“粘贴”。他还是去电脑培训学校报了名，足足学了三个月，每天晚上风雨无阻准时去上课。

学有所成的父亲终于可以独立操作电脑了，可是打字慢，最烦人的是有很多字他不会拆，打不出来。他很虚心，不会就问我，但我却是头大。有一天晚上我在家写文章，他竟然在半个小时里问了我十几个字，搞得我一肚子怒气，连构思好的文章都没心情写。“你上课都干吗啦？什么都不懂。”我埋怨他。父亲涨红了脸，支吾着说：“老师讲课太快，确实有很多地方听不懂。”

看着站在我面前窘迫的父亲，我的心突然就疼了一下。现在的他，站在我面前再没有了过去的那种威严。在他垂下头时，我还注意到了他稀疏的发丝中夹杂的缕缕白发。父亲老了，这是最让我难过的感受。

我深吸了一口气，静下心来，坐在父亲身边，对着书本，手把手教他那些他怎么也弄不懂的操作程序。这样的情形我很熟悉，只不过角色换了。小时候的我是个比较笨的孩子，学写一个“手”字就用了很长时间，我还特别搞不明白鸡兔同笼问题：鸡和兔子为什么要装在一个笼子里，那些东西跟我有什么关系？我为什么要花时间去算它？ 6+6 为什么就等于 12，不可以是 13 吗？那时，父亲忙了一天回来后，总是会先教我写作业，然后再去画他的图纸。荧亮的台灯下，父亲循循善诱，一步步开导我对数字的认识。他会握住我的手，一笔一画教我写字。我这个笨儿子最后能够成为班级里最优秀的学生，全靠父亲长期耐心的辅导。那时对父亲的依恋和崇拜，就是这样一点点积累起来。

我长大了，父亲却老了。面对日新月异的电子产品，他好奇却心有余而力不足，他不知如何使用，有太多新奇的东西他没见过。但我能感觉到父亲的挣扎和不服老，年轻人流行的东西，他都有兴致了解，却又找不到头绪。我也感觉到了父亲对我的依赖，就像小时候我依赖他一般。在我面前，他总是“不耻下问”，毫不掩饰自己知识的贫乏和落后。他说：“你是我儿子，教教我应该的。”

现在有很多的事情，父亲都要先来征求我的意见。如何办银行信用卡，要不要办，办了如何使用，安全吗？社会保障卡可以当医疗卡使用吗？防火墙和金山毒霸一样吗？太多太多的事情父亲居然都不懂。

父亲还是原来的父亲，我也依旧是他疼爱的儿子，可是父亲却又真的改变了，他不再是我心目中百度一般无所不知的神奇父亲。反倒是我，常常在为他排忧解难后，他会用一种欣赏的口吻对我说：“儿子，你真厉害，什么都懂。”有崇拜，有欣喜，还有不想掩饰的骄傲。

成为让父亲骄傲的儿子是我小时候的目标，我一直很努力在实现。看着日渐苍老、头发花白的父亲，面对他问这问那时，我终于明白了：父亲不是百度，儿子终有一天也会成为他的搜索引擎，但父亲永远是我心中最伟岸的一座山。

载于《东方青年》

父亲在我们年少时，总是神一样的被敬仰和膜拜。我们不断地成长，也不断地发现父亲的衰老，父亲的平凡。后来发现，我们的成长中总是有父亲的影子，山一样的影子，海一样的痕迹。

一个人的操场不寂寞

文/阿杜

夫妇和而后家道成。

——《幼学琼林·夫妇》

一

初三时，为了避开老是吵架的父母，我决定到学校住宿。

当我把这一想法告诉老妈时，她先是一愣，然后久久地盯着我，眼泪止不住地滑落。我吓了一跳，老妈可是个厉害人物，每次和老爸唇枪舌剑，她总是胜利者，现在居然哭得像个受了委屈的小孩，我真是意想不到，于是安慰她："我只是去住校，每个周末都会回家的。"

"是不是妈妈做得不够好，让你想离开？"老妈急切地询问。

"没有啦！我只是想学着独立，再说初三作业多，时间很宝贵。还有，你们不是希望我多锻炼吗？学校有操场呀，很方便。"我说。

其实我没说实话，在家里，我最烦的就是听到她和老爸吵架。每次他们一开战，我就特别惶恐，没心思学习。很多时候，我都想不明白，以前家里穷时，一家人其乐融融，而现在日子好过了，他们反倒经常吵架。老爸每次吵输了就采用"冷战术"，而老妈呢，总为些鸡毛蒜皮的小事挑起"战火"，弄得家里纷争不断。

老爸下班回来时，老妈还在泪眼婆娑地劝我不要住校，可这次，我铁了心。我希望我不在家的时候，他们能够反省一下自己，还我一个充满欢乐的温暖的家；另一个重要原因，是我确实想锻炼一下自己的独立能力，事事总依赖父母，我怕以后什么事都不会做。

老爸听完老妈的哭诉后，看了我很久，然后用有些沉重的语气问我："你想好了？"

我点点头，思忖片刻，说："嗯，想好了。"

二

住校生活的第一天夜里，我就久久不能入眠，想父母，想他们会不会又吵得不可开交，想着，泪水就流到嘴里。

父母爱我，他们为我所做的一切我都明白，我也爱他们，但我讨厌他们吵架，我害怕他们吵着吵着有一天分道扬镳。记得有部电影，里面的一句台词让我印象深刻，"再好的感情都经不起吵，吵多了就会淡。"当主人公面对破碎的家庭说出这句话时，我感同身受，泪水涟涟，害怕我的父母也会这样，我不想成为单亲家庭的孩子。

想了很多法子都感觉不妥，只能出此下策。我根本就不想住校，睡眠很浅的我，稍有动静就会醒，然后望着蚊帐顶了无睡意。可我不想打"退堂鼓"，无论如何，我要学会照顾自己，亦希望自己能够想出调解父母紧张关系的好办法。

天蒙蒙亮时就有同学起床，床板的吱呀声惊醒了我。躺在床上，我一时不知身在何处，内心一阵恐慌，待明白自己已经住校时，我又莫名地开始想父母。不知我离开家后的第一夜，他们是不是也和我一样难以入睡。我以前从来没有离开过父母独自在外过夜，连去亲戚家过夜也没有。

同学拿着书本去教室晨读时，我却独自去了学校的大操场。晨曦下的操场空荡荡的，微凉的晨风扑面而来。我漫无目的地绕着操场向前跑，脑海里又浮现出在家时妈妈催我晨起的场面，她总是那么急促地敲门，然后大嗓门地叫："起床啦！要迟到啦，赶快起来吃饭！"在我睁着惺忪睡眼打开房门时，老妈又急急地把我往卫生间推，"去去去，洗把脸人就清醒了。"她每天总是精力旺盛，和懒洋洋的老爸完全不搭调。

"萍萍，你的早餐。"一声熟悉的呼叫传来时，我惊了一下，然后转过身四处张望。"萍萍，我在这儿，围栏外。"我把目光顺着声音传来的方向望去，镂空的围栏外，老妈正兴冲冲地朝我挥手。

我赶紧跑过去，望着一头大汗的老妈不解地问："妈，你专程跑来给我送早餐吗？""不是专程，你知道我有晨跑的习惯，现在只是改变一下路线而已，一举两得，多好。"老妈说。我知道老妈爱锻炼，但从家里到学校少说也有两公里，她这一来一回，得多累呀。再说……我突然想到老妈怎么那么肯定，我会在操场上呢？我道出了心中的疑惑。"你自己说的，学校有操场，方便锻炼，所以呢我就过来看看，你到底有没有锻炼呀。"老妈乐呵呵地说，然后很开心地表扬我："不错，第一天你就没有食言。"

看着老妈一脸的笑容，我心里暖暖的。在我感激地望着她时，老妈又急急地说："今天早餐是你喜欢的花生浆，还有牛肉包子，跑完步要休息一阵再吃，我先走啦！"还没说出对老妈的感谢，她就远远地跑开了。

三

我想晨跑锻炼，但一次次被自己的各种借口拖延。虽然老妈硬拉我起来晨跑过几次，但我冲她发脾气、耍赖，她最后只好作罢。

对着镜子里自己过分丰满的身体，我终于在搬进学校住宿后开始实施晨跑计划。第二天，第三天……每个被惊醒的早上，我咬着牙爬起来，踏着薄雾跑进大操场。我知道老妈一定会在操场外的围栏边等我，给我送美味的早餐。

最让我欣喜的是几天后，那个比我还懒的老爸，居然也加入了晨跑的行列，而且他是陪着老妈一起跑来给我送早餐的。

望着父母汗水淋淋的脸我特别高兴，我不是一个人在跑步，虽然操场上只有我一个人，但我一点也不寂寞，因为父母在陪我。那是我想看到的画面：父母一起锻炼，他们并肩奔跑。

周末回家时，老爸把我单独叫到了阳台，他开门见山地问我搬去学校住宿的真正原因。我犹豫了一下，然后还是直言不讳地说了出来。他们毕竟是我的父母，我不想隐瞒。

"真如我猜测的一样。"老爸轻声自语，灯光下的脸，不觉地泛起了红晕，然后望着我说："萍萍，你放心，我们会处理好这事。"

那天晚上，家里的氛围很好，我们一家人坐在一起吃饭，老妈说话变得柔声细语，也没再挑老爸的刺，而老爸也表现得不错。望着笑意盈盈的父母，我感觉很幸福。这是我想要的温暖，我希望这样的场景一直都能够存在。

四

一个人跑步渐成习惯，而父母也都坚持每天跑来送早餐。我们仨约定好了，除了下雨天，我们就在操场上见，我在里面，他们在外面，但那短暂的见面时间于我却是弥足珍贵的，我会知道，父母都很好，他们没再吵架了。

每一天我都精神抖擞，晨跑让我锻炼了自己的毅力，最可喜的是，多余的肉在不知不觉中慢慢少了，身体却越发的好，我再也不害怕上体育课了。

一年的住校生涯，我确实比过去独立了，也学会了和别人相处时的谦让和包容。最让我开怀的是父母也学会了包容，每次周末回家，我都没再听到他们吵架。和睦的家庭气氛让我信心倍增，觉得自己所付出的一切努力都充满了意义。

重点高中的录取通知书寄来时，父母比我还高兴。我望着喜笑颜开的双亲，心里感慨万千：谁都会有缺点，但能够为了自己所爱的人努力做出改变，这是多伟大的事。

因为爱，我们变得宽容和豁达；因为爱，我一个人的操场并不寂寞。我知道父母永远会陪着我——我从来都不孤单。

载于《少年月刊·初》

美国国父华盛顿曾说，让孩子感到家庭是世界上最幸福的地方，这是以往有涵养的大人明智的做法。这种美妙的家庭情感，在我看来，和大人赠给孩子们的那些最精致的礼物一样珍贵。因为孩子，父母愿意为一切讲和。

一生的兄弟

文 / 龙岩阿泰

兄爱而友，弟敬而顺。

——《左传》

一

父亲病逝后，经人介绍，母亲带着七岁的我改嫁。那个男人，我看第一眼就不喜欢。他消瘦的脸上堆满笑，那笑，很生疏，让我抗拒。望了一眼他深陷的眼窠，我就躲到母亲身后。

母亲让我叫他爸爸，我低下头不吭声，手却更紧张地抓住母亲的衣襟。他走过来说："不碍事。"随后摸了摸我的头，指着屋子里一个瘦高的男孩对我介绍："他叫王小帅，是我儿子，今年九岁，以后就是你哥了。"我厌恶地拂去他的手，目光瞥向那男孩。他也正望着我，眼中满是欣喜。我没说话，倒是母亲很热情地走过去握住他的手说："小帅，真挺帅的。"他一直微笑着，任由我母亲握着他的手寒暄。他有一双好看的眼睛，温润、晶亮，透着笑意，只是他的脸脏兮兮的，头发乱得像没有折叠整齐的被窝。看着他滑稽的样子，我禁不住扑哧笑出声来。看见我笑，他也乐了，走过来拉住我的手。

那是我和他的第一次见面，彼此之间有一种莫名的亲近感，仿佛冥冥中早已注定的兄弟情缘。我喜欢他脸上温暖而羞涩的笑容，喜欢他牵着我的手时开心的样子。我叫他小帅哥哥，他叫我弟弟。

二

我见过很多哥哥都会欺负自己的弟弟，但小帅哥哥不会，他总是顺着我，维护我，把好吃好玩的都留给我，给我讲一个又一个精彩的故事。

我最喜欢每天放学一起回家时，他一路上搂着我的肩膀走，边走边给我讲笑话，乐得我哈哈大笑。我喜欢那种感觉，很快乐，很踏实，那是一路充满欢声笑语的归程，直至今日，我依然还记得那时候天很蓝，在跳跃而明亮的阳光下，他灿烂的笑容，和他额头闪着亮光的汗珠子。

小帅哥哥的母亲在他六岁那年跟一个外乡人跑了，听邻居说，继父爱喝酒，一喝就醉，醉了就会打老婆，他的母亲是被继父打怕了才跟人跑的。他知道这些事，每次面对别人同情或可怜的目光时，就会久久地低下头抿着嘴不语。

在我和母亲来之前，他常常一个人在家。孤单的夜晚，写完作业后，找不到人说话，他就看童话书。他的零用钱都用来买书，他说，他喜欢看书，只要有书看他就不会觉得孤单。他说话时，眼中有泪光闪动，脸上会呈现出一种与他年纪并不相符的落寞。我明白他的心情，父亲病逝后，虽然我还年幼，却也知道没有父亲的孤单。我握住他的手，贴在胸前说："小帅哥哥，以后我们做伴，你不会孤单了。"他紧紧地把我搂在怀里，我能听见他"怦怦"的心跳声。

或许我们都是孤单的孩子吧，有种相依为命的踏实感，整天形影不离。他在外人面前不爱说话，就是面带微笑看着别人，只有和我在一起时，他才会有说不完的话。他对我的母亲也特别依赖，母亲对他的好，他全明白。他很乖巧地叫我母亲"妈"，而我却怎么也接受不了他的父亲。

继父在家时，我们都很安静，他不喜欢我们吵吵嚷嚷的，说很烦人。

刚开始的一年，四个人的日子倒也过得平静。继父是货车司机，长期在外面跑，有时一出去就是十天半月，他不在家的日子，我总是特别欢喜，这样我和他可以尽情地玩。他带我去河边折纸船，让一艘艘满载我们期望的小船顺着水流向未知的远方。我们在草地上翻跟头，打滚，或者背靠背地坐着，有时也并排躺在草地上一起看如火如荼变化莫测的火烧云，我们一起唱歌，一起冲河对岸大声疾呼，把河里游荡的鸭子都惊得四处逃散……

那是一段平常的日子，而对我和他却并不平常，那是我们生命中真正有交集的一年。

三

我一直以为这样的日子会永远重复下去，以为他有了我母亲的照顾后就会渐渐遗忘他的生母。然而，我想错了。亲情是无论如何也割舍不断的。他快乐的表面背后，其实还有自己的哀伤。他常常会想念他的母亲，在睡梦中泪湿枕巾。

当我知道这件事时心里别扭，感觉母亲的付出很不值得。对他再好，毕竟是别人家的孩子，很难真正贴心。他的生母跑出去五年后回来了，那个带她逃跑的男人，最终还是抛弃了她。他抱着他的母亲痛哭流涕，继父沉默着，一根接一根抽烟，我和母亲尴尬地站在屋子里，不知如何是好。

自从他的生母回来后，我和他的距离就拉开了。是我在避开他，我不知该如何面对。每天，我都一个人跑到河边，坐在草地上，孤单地仰望着头顶灰色的天空默默流泪。他来找我，我没理他，固执地不再和他说话。

母亲终是带着我再次离开了。原来她和继父并没有办结婚登记，在法律上是不被承认的。依旧住在一个小城，依旧在同一个学校念书，但我们再也没有一起回过家。我们已经不是一家人了。

课间时，他会到教室来找我，邀我放学后一起去小河边。我淡漠地瞥他一眼，什么也没有说。我真的希望我们是兄弟，但缘分如此脆弱，那维系在我们之间的关系结束后，我们只是陌生人罢了。

我沉浸在自己的忧伤中，不肯自拔，亦不肯原谅他的背叛。他说过，我妈妈是最好的妈妈，我是最可爱的弟弟，但当亲情较量时，他还是背弃了我们。

四

放学的路上，他早已等在大树底下。看见我出现，他欢喜地奔跑过来，牵着我的手叫："弟弟！"我冷冷地缩回手，低头不语。他见我这样，脸在瞬间涨红，支吾说："弟弟，别这样对我，给哥哥一个说话的机会好吗？"说着，他的手又习惯性地搂在我的肩膀上。

我仰起头，瞪视他，眼中噙着泪。"弟弟，是我的错，但她是我亲妈，我不要她，她就无家可归了，不是吗？"他说，情绪起伏很大，眼泪禁不住滑落下来。

我一直抿住嘴，倔强地不肯说话。

"弟弟，无论如何，你都是我弟弟。"他说，然后再次把我搂在他胸前。我挣扎着，从他怀里挣脱出来，跑得远远的，再也不敢回头。

课间操时间，我们也会在密集的人群里相遇。每次看见他，我故意把目光转移，在他没注意我时，我又会久久地盯着他熟悉的背影愣神。他依旧那么瘦，只是头发剪短了。他站在他们班的队伍前面，穿着绿色的上衣，黑色的裤子，远远看去，就像春天里一棵朝气蓬勃的小树。

我已经看得懂他曾讲给我听的童话故事，自己也养成了每天写完作业后就看课外书的习惯。我告诉自己，一定要超过他。只是脑海中，时常会浮现出他那双好看的眼睛，那么清晰，仿佛生了根似的，怎么也无法忘记。

两年后，妈妈再次带着我嫁人了。新继父家在城郊，附近有小学，我不得不转学过去。知道自己要离开那天，我偷偷地跑到他的教室外面，站在窗户边看他。他正聚精会神地听老师讲课，手里握着笔。看着他，泪水模糊了我的视线。跑着离开时，我终是哭出了声，仿佛山崩地裂一般。那一天，阳光灿烂，可我却觉得浑身颤抖，连心都在抖动。

再见了，小帅哥哥。我在心里默默地与他道别。我不知道这次离开后，我们还会不会再相遇。只是好几次，我都在梦中看见他，看见他笑意盈盈地给我讲故事，看见他流泪的眼睛……

我怎么也忘不了那年夏天在跳跃而明亮的阳光下，小帅哥哥灿烂的笑容和他额头闪着亮光的汗珠子。

我一直都相信人与人之间的缘分，我和小帅哥哥就是这样，因为父母的再婚而成为兄弟，又因为父母的婚姻而分开，但既然命运让我们相遇了，我们就会珍惜这份情缘，无论我们是否还能遇见，我们都是一生的兄弟。

载于《少年月刊》

缘分是奇妙的，茫茫人海中我们相遇相识相知，又在茫茫人海中分离。唯一留给我们的就是回忆，我们唯一能做的就是好好珍惜这段美好的情缘。

当爱抵达心深处

文 / 太子光

父亲！对上帝，我们无法找到一个比这更神圣的称呼了。

——华兹华斯

妈妈在我七岁那年离婚，伤心欲绝的她带着我从广州回到了龙岩。外公外婆对我们的回来，既伤心难过，又欣喜异常。那种复杂的心情我不理解，但他们对我无微不至的关心，我能感知。

离婚对妈妈的影响是很大的，很长一段时间，她都无法走出婚姻失败的阴影，对人也是百般怀疑。没想到，在我12岁那年，妈妈居然想再婚了。之前，无论外公外婆怎么劝，她都说不结婚了，说对婚姻恐惧。

是什么样的男人呢？居然会让妈妈一改初衷。我对那个即将走进我家的男人感到好奇。他第一次来我们家时，只看一眼我就失望了。也不是什么三头六臂的帅哥，看年纪，比我亲爸还大。在我充满敌意的注视下，他居然半天叫不出我的名字，脸涨得通红。望着他有些慌乱的表情，我想笑，都什么年代了，还有这样木讷的人。

妈妈很开心。我的忧伤，她视而不见。

我快气疯了，连外公外婆也帮他，说他怎么好，人又怎么本分。没有人在乎我的感受，他们都在为妈妈的婚事忙碌。在妈妈的婚礼上，我孤单地坐在角落里闷闷不乐。

“怎么不向你妈妈祝福？”外婆搂着我问。

望着外婆慈爱的脸，我难过地低头不语。在外婆宽慰我时，他牵着妈妈的手走了过来。可能是喝了酒的缘故吧，他黝黑的脸潮红一片。

“佳文，叔叔不大会说话，但叔叔会待你们母子好的。”他说。我瞥了他一眼，把目光转开。我亲爸都不要我了，你能待我有多好？

“你这孩子，怎么不懂事呢？”看我不理他，妈妈埋怨我。

“妈，你是不是现在就开始嫌我碍事呢？”我瞪着她问。

“这孩子……”妈妈欲言又止。

外婆忙把我拉了出去。我伤心地对外婆说：“你不会也不要我了吧？”外婆笑呵呵地说：“怎么会呢？你是我的宝贝孙子。但是，你得明白，每个人都有权利选择自己的人生。你不能阻止你妈妈去追求自己的幸福，你要祝福她，让她开心……”外婆絮絮叨叨说了很多，那些话我都明白，但心结难开。

在家里，我不理他。他叫我时，我故意装作没听见，或是倔强地扭过头不看他。妈妈骂过我几次，说我不能这样对待他。我不听，还重重地把房间门关上，一个人躲在里面伤心。我想念我亲爸，但他一直没给我打电话，而且我早就知道他已经再婚，又有自己的儿子了。

我想过离家出走，但我没有勇气，只能天天在家闹情绪。

他每天早上都会起来准备早餐。早餐很丰盛，花样翻新，可是我不领情，以为他是故意讨好我的小伎俩。

他在超市开货车，休息时，就在家里搞卫生，但这样婆婆妈妈的男人我不喜欢。

我会偷偷地观察他的一举一动。有一次发现他在打电话，语气很温柔，像是在对一个孩子说话。我还注意到他渐渐濡湿的眼角。他没想到我在家，看见我出现在客厅时他显然吓了一跳，匆忙间就挂断了电话。

他叫我，我盯着他没说话。他的脸又涨红了，自言自语地说："是我儿子打来的。"才想起，外婆说过，他也是离过婚的男人，有一个比我小一岁的儿子在他前妻那里。

"为什么不让他来玩？怕我欺负他么？"我说，心里对那个素未谋面的男孩子很感兴趣。"他在另一个城市，他妈妈不让我们见面。"他的语气有压抑的伤感。

"再打给他吧！他肯定等你的电话很久了。"说完，我进了房间，还把门锁上。躺在床上，我的泪就滑落下来。他会想念他的儿子，但我的爸爸为什么就不会想念我呢？这么多年居然连一个电话都没有。我也不敢问妈妈，她不让我提爸爸，以前问她时，她会生气地打我，还哭天抹泪，说我不争气。

他敲门进来时，我还在流泪。看见他，我故意转过身去，背对着他。

"佳文，你也在想你爸爸，对么？给他打电话呀！"他说。

我不吭声，泪依旧流淌。

"是怕你妈妈生气吗？"他坐在床沿，把手放在我肩膀上。

"你为什么离婚？你想过你儿子有多难过吗？"我气愤地质问他。其实，这些话，我一直想质问我自己的爸爸，但没有机会。

他深深地叹了口气，没说话。一会儿，他走了出去。

后来外婆告诉我，其实他和妈妈一样，都是被人抛弃的。他的前妻嫌他太老实，嫌他木讷不会挣钱。

知道他的事情后，对他，我有了一种莫名的同情。我觉得，他也是挺可怜的。

因为对他的同情，我和他说话时也就客气了一些。他对我的好，我能感知。我是个敏感而早熟的孩子，别人对我的态度，我能猜出真假。

或许，他是想他的儿子太急切了吧！我能感觉得出，他把这一腔的爱和热情都给了我。他对我的关心无微不至，甚至于天天在我早上离开家去学校时，我都久久地伫立在家门前目送。有一次，我偶然回头，看见他正默默地望着我。那眼中的热切目光我很熟悉，他每次看他儿子的照片时，都是这样的眼神。

我一直很好奇他的儿子，只有我们俩在家时，我就会询问他。说起他儿子，他就神采飞扬，滔滔不绝讲个不停。

“为什么不去看看他，或者把他接过来住？”我问他。

“我——”他含糊其词，然后叹气。

“真没用！怎么会有你这样的爸爸，想念他，为什么不让他知道？”我说，自己却流了泪。我想起了我的爸爸，我不知道，他会不会想念我？很多年没见面了，我都快想不起他的样子了。

看见我流泪，他慌了，抓着我问：“佳文，怎么了？”

“我想念爸爸，我快想不起他的样子了。”我哽咽着说。

他一把把我抱在怀里。这个铁一般的男人，上次车祸时，脚伤成那样，他都没哼一声，这次却在我面前痛哭流涕。

他对家里每个人都很好。妈妈的快乐显而易见，她不再整日绷着脸；外公、外婆因为妈妈重新有了归宿，也重展笑颜。看着家里人的笑脸，看着他们轻松愉快的表情，我深深地感激他。我知道，这一切都是他的功劳。我不知道他的儿子，是否有我幸运，可以遇见这样一个不错的继父？

他会邀我一起出去散步，会和我谈论关于人生大大小小的事情。很多时候，我都感觉他像个贴心的朋友，能读懂我的心事。

就连我感情上的困惑，他都能看得出来。有段时间，我喜欢上了一个高三的女生，但那女生拒绝我了。这样的事我不敢跟任何人说，怕被嘲笑。

看我整天无精打采，他知道我一定有心事。妈妈不在家时，他问了我。“没什么，别管那么多。”我心烦意乱地说。“不是说过了，我们要当朋友。”他低低地问。“你不会理解的，跟你说了也没用。”我大声嚷嚷。

他静默了，眼中闪过一丝黯淡。

“对不起！不是因为你。”看他这样，我解释说。

“我只是希望你能开心些，如果我能帮上什么，我都愿意。”他说，然后转过身去了厨房。隔着玻璃门，我看见他在里面忙碌。

“吃碗热汤面吧，很辣的。”一会儿，他端了碗面出来。

我曾对他说过，我心情不好时，最需要一碗热汤面，辣辣的，吃过后出一身汗，然后就没事了。原来，我随口说过的话，他都一一记在心里了……

我们一直这样平淡地相处，彼此之间没有发生过什么感人至深的事情，但他细腻的爱却像一条涓涓细流慢慢地抵达我心深处，汇聚成一片辽阔的海洋！

载于《学苑创造》

孩子的眼里，亲情是守护神一样值得信赖的，因为信赖便不能接受被抛弃。因为抛弃便不再轻易相信，唯有真情可以融化一颗冰封的心。

月亮的光芒

文 / 李莉

环境影响人的成长，但它实在不排挤意志的自由表现。

——车尔尼雪夫斯基

一

我是陈晓星，姐姐叫陈新月。我一直佩服我爸取名有预见性，大我两岁的姐姐开朗、漂亮，如同一轮明月，而相貌普通、性格内向的我就是明月旁的一颗小星星。

姐姐喜欢唱歌跳舞，成绩优秀，朋友很多；我喜欢静静看书，悄悄写作，朋友很少。父母很担心我，总是对姐姐委以重任："新月，你要去玩，就带上你妹。你要带妹妹多接触人，她这样一天到晚窝在家里，性格要自闭的。"要不就是："新月，你教妹妹唱歌嘛，她一天到晚不吱声，这性格不好。"这些话，让我听出父母的担心，也让我感到自己的性格有缺陷。

可人的性格仿佛天定，人的爱好本不同，我不喜欢变成姐姐那样，哪怕她很优秀。

我愿意做一颗安静的星星。

可是，有件事真的刺激了我的自尊，让我看到自己在父母心里的位置。

高中那会儿，学校组织了文娱社，我姐被老师推荐参加了。回到家，她高兴地对爸爸说起了这事。

爸爸喜上眉梢，然后问：“你妹参加没？”

“没有，这是老师推荐的。”姐说。

爸爸沉吟一会儿，眼一亮，对姐说：“这样，你对你老师说，让你妹也参加，就说是搭一个嘛。如果老师不同意，你就说你不参加了。”

爸爸无心的话让一旁的我心里一凉，我什么时候变成“搭头”了——我们那儿卖菜的，喜欢将好卖的菜“搭”点不好销的东西一起卖，原来我在爸爸心里，就是那“滞销货”，需要同优秀的姐姐“搭”在一起才能推销出去。

“我不去。”我瞪了他们一眼，转身回到自己的屋里。

“对她好，她还来脾气了……”爸爸不解的声音传来。那种猝不及防的挫败感，让我的泪一下涌了出来。

为了避免姐姐的光芒刺伤我，我开始疏远姐姐。

好在姐姐读大学了，尽管她总打电话来汇报她的进步，可是毕竟距离我远了，我可以暂时淡忘她的优秀。

两年后，在我填高考志愿时，父母希望我填我姐读的学校，理由是，我姐现在已是学生会的主席，也好关照我。

尽管不愿意，但我还是顺从了他们，又当了我姐身边的星星。

父母送我到学校时，当着我们姐妹的面，对我说：“你在学校，和别人介绍自己时，一定要说你是陈新月的妹妹，这样别人就会对你刮目相看了，以后机会也会很多。”他们没注意到原本笑意盈盈的我，神色又暗淡下来。

那个陈新月的光芒没照耀我，我却活在她的阴影中。

我姐没接父母的话，只是握住我的手，温柔地牵着我。

二

住校的生活，让我能静下心来看书了。我也试着写文章。

学校出版一本校刊，我盼望自己的文字能出现在上面。

有时我想，如果我在投稿时，附言中遵照爸爸的设计，写明我是那个名扬全校的陈新月的妹妹，会不会就能顺利见刊？

但是，这不是我的性格。我要凭自己的能力，绽放出自己的光芒。

我没托我姐给别人打招呼，没给自己贴名人之妹的标签，便将我用心写的文章投了出去。

两星期后，当我见到班长领来了崭新的校刊时，我的心怦怦直跳，装着漫不经心地拿过校刊，慢慢翻看，猛地心里一热——我写的那篇文章就在上面，我的名字就在上面。

一直觉得暗淡的自己，原来竟不是那么差。我幸福得有些眩晕，内心酸楚而又满足。

但是，我没有急着打电话给父母报喜，也没有告诉姐姐这事。我想他们也不会在意我取得的这小小的成功吧。

第二天，我到学校的花园里静静地看书，身边有几个女孩在大声议论着。一个女孩说："你认识陈晓星不？校刊上她的那篇文章写得真好。"另一个女孩说："写得真不错，我读了很多遍，最经典的那几句我都快要背下来了……"然后，她竟一字一句地背出我写的一些句子，那种被人认可的喜悦弥漫全身，又听一人插话："听说她是陈新月的妹妹。"我心酸地笑了，原来我真的被贴上了这一标签。不料那俩女孩同时说："陈新月是谁？"

猛然间，如醍醐灌顶，我的心豁然一亮：原来，也有人不认识姐姐，我也有自己的"粉丝"。星星完全可以发出自己的光，而且这光可能更迷人，更有感染力。

她们的一席话，让我从姐姐和家人给我的阴影中彻底走出。我含泪而笑。

我感激地看了眼旁边的三个“粉丝”，那一瞬间，我记住了她们的样子，因为她们可能会改变我的一生。

在她们那不经意的鼓舞下，我开朗了，也有了自信的笑容。

我的文章不仅见诸校刊，也开始刊登在全国的报纸、杂志上。

我交了很多爱好文学的朋友。

星星，开始绽放出自信的光芒。

但是，面对着亲人，面对着姐姐，我仍无法释怀。我发表的文章，从不给他们看。

他们，不会认为我优秀；他们，只看重那个能歌善舞的新月。

他们，从不知道陈晓星也会放歌，只是，她是用自己的文字。不是所有的音乐都有声音，这世界，表现美的方式多种多样。

姐姐依然那么关心我，她总是到我宿舍来嘘寒问暖，有时，她会给我带来一些她买的书。那都是她不爱看的书，我知道是她特意为我买的。

我心里的块垒在她春风化雨的关怀下，渐渐开始消融。

三

姐姐要参加工作了。假期里，为了庆祝姐姐找到工作，爸妈让姐姐请了她的好友到家里吃饭。

姐的人缘真好。一下子，家里来了十多个她大学时的朋友，大家齐聚一堂，热闹非凡。

我也真心为姐高兴，帮着爸妈招呼客人，不料，在客人中，我竟然见到那三个女孩。我有点傻眼，那三个女孩，我一直都忘不了，她们不经意的话，让我明白自己有多优秀，让我明白，我也有自己的“粉丝”。

如今，我的疑似“粉丝”就在身边，其中两个还说不认识姐姐，可她们同姐姐在一起开玩笑时，我看出她们本是好朋友。

我给她们递上削好的苹果，脸上有藏不住的困惑。

她们见了，乐了。

其中一个说："晓星，你现在快成作家啦。你真了不起，难怪你姐一直以你为荣呢。"

什么，我这么优秀的姐姐竟以我为荣？我诧异极了。

"我还记得你在校刊上发表第一篇文章时，你姐在宿舍里的那个高兴劲儿。她一直在读你的文章，一遍一遍地读，读得我们全宿舍的人都能背你的文章了。她还说，她妹妹很优秀很优秀，只是这种优秀没被完全开发，如同一块没被打磨的美玉。"

我的真正的粉丝竟然是姐姐！我吃惊地看着姐，她微笑着朝我看，那笑的光芒，温暖而美丽。

"然后，你姐安排我们到你常去看书的地方，背了一些她精心设计的台词，故意让你听到。我们不知道这些台词背给你听有什么用，但是蛮好玩的，我们也演得很投入……"姐姐没料到她会提这事，忙去拉她的手，想制止她再说下去。

我明白了，那天，支撑起我的信心，能让我摆脱掉多年心理阴影的"巧遇"，全是姐姐精心设计的"骗局"。

如今，性格阳光，自信盈怀的我静静地看着那年的那个"骗子"和她的朋友们。

我自嘲地说："我还以为你们是我的粉丝呢。"

姐姐尴尬地说："晓星，你的确有粉丝，真正的第一个粉丝，那就是我。"

我抱住了姐姐。这么多年，我第一次抱住了这个曾经在这个家里让我感到光芒万丈，却又让我敬而远之的人。

我们两姐妹，笑得阳光灿烂。

我觉得真幸福，谁曾想到在星星懊恼着月亮太耀眼，掩盖了自己的光芒时，那可爱的月亮，却一直用亲情之光在悄悄照耀着星星，让那颗一直自卑的星星在爱的光晕中，折射出了自己的光芒！

载于《少年心世界》

我们身边总是不缺乏带着耀眼光芒的月亮；它使本就黯淡的我们更加敏感自卑；本能的嫉妒和倔强蒙上了我们的双眼，使我们只感到了光芒的刺痛，而看不见光芒亦温柔地照亮我们本身。

一架纸飞机的航向

文 / 李莉

天才，就是强烈的兴趣和顽强的入迷。

——木村久一

一

儿子元元三岁那年，他见到元元正好奇地翻弄着一张白纸，心里一动，走了过去，对元元说："来，儿子，爸爸教你折纸飞机。"元元妈在一边惊讶地表示反对，说："这么小的孩子，怎么会折纸？你教不会的。"

他瞪了元元妈一眼，责怪道："你动摇军心。没有学怎么可以下定论？我的儿子我清楚。"听着他义正词严的话语，元元妈没再多说什么。

他按步骤耐心教，元元笨拙地跟着做，最后，元元真折出了一架粗糙的纸飞机。

颇有成就感的他，准备顺势在儿子面前显摆下自己的军事知识，再讲讲飞机的种类，元元的心思却完全没在飞机上，一边玩弄着手中的纸飞机，一边兴奋地问他："爸爸，你还会用纸折什么？都教教我。"

那架纸飞机让元元从此与折纸结了缘。

二

元元开始迷上折纸，家里的白纸被元元搜罗来，递给爸爸，让爸爸想出更多的东西教他折。

于是，他回忆起了童年时折的纸船、纸电话、纸小狗……父子俩头挨着头，一步步地教和学。元元的手越折越巧，学得越来越快，一个月不到，他会的折纸儿子全学会了。

他搜肠刮肚地在记忆中搜索自己会的折纸，到最后，却只能承认，自己的看家本领儿子全会了。

技穷的爸爸和妈妈带着元元到书店，为元元买来了好几本儿童折纸的书，然后，又教儿子如何看图折纸。

元元在他帮助下，竟然能独立地看着书折了。不久，那些他也不会折的纸蝴蝶翩然出现在儿子的手中，在儿子笑意盈盈的脸上，他感受到了长江后浪推前浪的喜悦。

三

一晃，元元上小学了。

这时，他才觉得当初教元元折纸飞机原本就是一个错误。

元元成了折纸控，店里卖的所有的折纸书，他全会折了，本来不大的房间里摆满了元元的成型了的、待成型的折纸作品，桌上、床上、地上……到处都是，一向有洁癖的他见到这些东西很是心烦。

最可怕的是，老师频繁请家长，告诉他元元上课也在折纸，他开始对元元这一爱好产生了强烈的反感。

当元元又在家里埋头折纸时，他终于爆发，对元元愤然吼道：“不要折纸了，家里的折纸堆积如山，你上课也不专心，折纸能为你成绩加几分？将心思用在学习上！”

元元申辩：“我折的第一架纸飞机还是你教的呢。”

他恼怒地一挥手，说了句元元觉得云里雾里的话：“这是一架偏离航道的纸飞机。”

是啊，如果说学习功课是学生的航道，元元的这一兴趣已经偏离了航道。

元元见到他暴怒的样子不敢言语，悄悄地将纸收了起来。从此，元元不再在他面前折纸。

但他不知道，元元妈却与他背道而驰，悄悄地支持着元元。他不在家时，元元在妈妈的掩护下，在网上搜折纸视频学折纸，他掌握了很多折纸知识，还学折了不少国外的折纸作品。

元元妈还将元元的最新折纸作品拍照发在自己的微信上，邀请朋友们为其点赞，然后每晚母子俩悄悄地数这些作品赢得了多少赞，自娱自乐一番。

四

元元读小学三年级时的一天，他带元元上街去玩。下楼时，进了电梯，电梯里也有一个孩子，手中拿着折好的绿色纸青蛙，栩栩如生。

元元盯着这纸青蛙分析，那复杂的折痕不像是一张纸折成的，似乎是用几张纸粘接而成，于是好奇地问："你这青蛙是用一张纸折成的吗？"

孩子点点头。

元元在一旁说："你这种折法，是日本的神谷折纸吧？"孩子如同发现了宝藏，惊喜地说："是的，你怎么知道？"

元元遇到知音，浑然忘记了旁边站着反对自己折纸的爸爸，滔滔不绝地说："我在网上看到的，我也会折。其实折纸本来起源于中国，但是将其发扬光大的却是日本。可惜我们中国人自己将这项技艺慢慢丢弃了，中国至今没有国家级折纸协会，我长大了，一定要成立中国折纸协会，教大家折纸。"

在那一瞬，他想起自己小时候痴迷看军事方面的书，买来了一本又一本的军事杂志，对军事知识了如指掌，倒背如流，而父母却反对他对这爱好的痴迷，说这方面了解得多，考试时又不多加几分，该把时间用在学习上。什么时候，历史又重演了呢？

回来的路上，遇到有人发广告传单，从来都不接这些广告单子的他来者不拒，一一收下。回到家时，他将那些彩色的单子随手递给儿子，说了句“给，折纸用”。元元惊喜地望向他，他却不看元元，径直换鞋进屋。

五

元元妈惊讶地在微信上发现有人在元元作品下留言，说：“我想请你儿子给我们幼儿园的孩子上一节折纸课，我会给你儿子一件小礼物作为报酬哦。”定睛一看，留言的是本城一家私立幼儿园的园长。

竟有人邀请十岁的儿子去讲课，这是多大的荣耀！元元妈迫不及待地把这事告诉了儿子，元元激动得跳了起来：“耶，好棒哦，我有工作了。”

元元妈觉得这是锻炼孩子能力的好机会，元元性格内向，如果有勇气站在讲台上讲课，这就是一种成功，何况现在正好暑假，小学放假，而幼儿园有假期班，不会耽搁元元学习。她欣然同意了。

元元的第一节课教小朋友们折纸飞机，他站在讲台上，举起一张纸，耐心地示范每一个步骤，认认真真地讲解。

窗外站着元元妈，她看着儿子，想起了多年前儿子折的第一架纸飞机。那时，他的小手是多么的笨拙，他的神情是多么的专注，一如现在坐在下面的小朋友们。而今，儿子真的长大了，她的心里升腾起温暖和感动，眼眶慢慢地湿润了。

元元和妈妈谁也不知道，就在这时，元元爸正递给园长一本在网上买到的《神谷折纸》，这是一会儿园长要给元元的礼物。

一个月前，元元爸无意中从同事的微信中看到元元妈上传的元元的作品，他从那些精致复杂的折纸作品中，惊讶地发现元元的梦想并没有因他的反对而搁浅，反而如飞机一样平缓飞行，随风直上，他坚硬的心忽然变得柔软了。

上个星期，他私下里联系了初中时的同学——这位幼儿园园长，为元元创造了讲课机会。

在《神谷折纸》的第一页，他一字一字地写下：“没有一架承载梦想的飞机是偏离航道的，只要它肯飞。”

载于《莫愁·家教与成才》

有梦想是幸福的，没有梦想的人像一个没有灵魂的人。父母则是梦想的守护神和第一个见证者。

第六辑

八百里地尽孝心

这八百多里地不仅仅是一张火车票，不仅仅是六七个小时的车程，也不仅仅是在火车站站了一宿，更不仅仅是饱含着艰辛与困难的路途。这是一份感天动地的孝心，这是一种此时无声胜有声的语言，这是一种一切尽在不言中的亲情。

Zui Meiwen

那个不像我的人

文/黄治康

在父母的眼中，孩子常是自我的一部分，子女是他理想自我再来一次的机会。

——费孝通

一

我不知道他是从什么时候开始恨我的。

我与他之间感情的疏离，似乎并没有一个完全明显的分界点。早先我还年轻时，离开教师岗位，调进一家国营工厂，并通过自己的努力当上了厂长。风光的那阵子，被他的姥姥相中。他的妈妈很善良，但也懦弱、没主见。就这样，我成了他妈妈的丈夫，随后成了他的父亲。

儿时的他应该是快乐的。他的妈妈总是低眉顺眼地把全部的爱都给了他。而我，可以让他拥有比同龄人物质上更多的丰足。记得他抱着我给他买的会响的玩具机关枪、上了电池就能跑得飞快的玩具汽车，在小伙伴前炫耀了个够！他大声说："我的爸爸是世界上最好的爸爸！"

幸福的时光并没有持续太长时间。国营厂倒闭，我风光不再，成了无业游民。他精明的姥姥上门来了。她气鼓鼓地说："你不赚钱，怎么养家？怎么疼老婆孩子？"

我唯唯诺诺，大街小巷去晃荡。好容易看一家单位招临时工，竟是与几个以前在厂里的手下一起竞争岗位。我脸面全无，工作高不成低不就，求职终日无果。他妈妈什么话都不说，只是自己默默早出晚归到工厂做工。他姥姥依旧天天上门，讽刺怒骂。

想到自己曾经的风光，我开始仇恨。压力慢慢变成了一个怪圈，我唯一愿意做的，就是用酒来刺激自己的那点可怜的自尊心。

后来，我东拼西凑借了几万块钱，跟几个朋友合伙办了一个小型模具厂，效益虽然一般，但多少让我对生活有了些期望。但我抗拒不了烟酒和赌博带给我的刺激。

醉后回家，总有倾诉的欲望。他的妈妈忙着赚钱养家，她不责怪我，但也不理我。我想跟他说话，他眼里的不屑刺痛了我脆弱的神经。我以为，全世界都可以不再尊重我，只有他不行！我多希望他能站在我这边，能理解我的颓废，理解我的堕落。我觉得他应该站在我这一边才对，可是他没有。于是我打他，他不求饶，也不哭，咬得嘴唇出血也不出声。看到他眼里的仇恨，我心里的爱也一点点破碎，转化成更严厉的打骂。

一个夜晚，他妈妈值夜班。吃晚饭的时候我回家，看见他脸色铁青地躺在床上，看都没看我一眼。我不想在这冰冷的家再多待片刻，便出去找赌局。

半夜我才回家，他还在床上躺着，衣服都没脱。我忽然发觉不对劲，我走过去想叫醒他，他软绵绵地蜷缩着，身体的滚烫吓坏了我。

"儿子！"我急得快哭了，抱起他想往外跑。恍然间，我才发现他已经那么高、那么重了。我抱不动他了。我的大喊大叫终于惊动了邻居，帮我把他送到了医院。

医生皱着眉头说："你们怎么当家长的！赶紧办住院手续！"

我摸摸口袋，分文没有。刚才的赌局，血本无归。邻居李婶鄙夷地看着在医院走廊里来来回回的我，回家取了钱交到我手上。她说了一句至今让我想起来就心寒的话："投胎做你儿子，真是倒了八辈子霉了！"

我守在他身边，看着脸上毫无血色熟睡的他，眼泪掉下来了。他睁开眼睛看到我，扭过头去问："妈妈呢？"就再也不跟我多说一句话。

过了一会儿，他妈妈心急火燎地赶了过来，抱着他就开始哭。我成了局外人，心里刚升腾起的一丝温热和愧疚顷刻间消散了。

二

他上中学后，再也看不到他的成绩单。再后来，他索性不上学了，留了长发，打了五六个耳洞，穿破了洞的牛仔裤、有奇怪图案的衣服。我哪里看得惯他那个样子？但我再次扬手打他时，他一把握住了我的手，冷冷地甩开，然后扬长而去。

这时，我才愕然惊觉，他已经成长为一个血气方刚的俊朗少年。

有一天，接到他老师打来的电话，说他三天都没有去学校。接到那个电话时，我正跟一帮狐朋狗友开怀畅饮。这才想起，我已经几天没回家了？

我离开酒场，直奔街上的网吧，一家家找过去。找到他时，他正叼着烟，坐在小隔间里对着电脑玩游戏。我气急败坏地冲过去揪他起来，叫他跟我回去。他像不认识我一样，咬着嘴唇，冷冷地回敬我："你都不回去，凭什么叫我回去？"

我恼羞成怒，借着酒劲发飙："你这个不长进的东西，目无尊长，不学无术，你看看你的样子，我真是以你为耻！"

他漠然地看着我，字字如刀："你能好到哪儿去？你酗酒嗜赌，不务正业！你以为我以你为荣吗？"随即，又低下头玩游戏。我终于爆发了，当众对他大打出手，并撕扯着他的衣服狂吼："臭小子，你吃我的穿我的，养你这么大，你却这个态度对你老子！"

他傲然说道："算了吧，我身上没有一样东西是你买的，家里吃的用的都是妈辛苦赚来的，你的钱都在你的酒里面，别说得那么好听！”

一直以为，我没有成就不要紧，还有一个儿子可以给我希望，但他那个样子，让我彻底失望了。

但我已经没有力量再打他了。他长大了，变得更强壮，更陌生，更遥远……有时，我会黯然伤神——就当我没有这样一个儿子吧，我本来就是孤身一个人。

三

他勉强混完了高中，最终在他妈妈和姥姥的劝说下来我的工厂做学徒工。

我带他去应酬酒局，让他给那些朋友一个个敬酒。他瞟了我一眼：“我不喝酒，不要让我跟你一样！”我无言以对。

志不同，道不合，他做了不到一个月，就甩手走人了。再见面时，听说他有了女友。他不再回家，跟女友在外同居。再看到他时，发现他剪了短发，穿了中规中矩的衣服。问他，说在一家机械公司做了技工。

若不是妻子病了，我不知道他会什么时候回家。但妻子病得很严重，是癌症晚期。家里人通知了他，他心急火燎地回到家，每天守在病床前悉心照料他的母亲。丈母娘悲伤之余，还不忘每天骂我几遍，都怪你这个没用的男人啊，我女儿的病都是你气出来的。我的那点愧疚之心，也被骂得失去了意义。

全家人都视我如仇，我就在不归途越走越远，既然他们如此厌恶我，我又何必苦苦期待那一份温情？那一份天伦之乐？

妻子医治无效，与世长辞……妻子那边的所有家人亲戚朋友都当面、背后骂我不是人，骂我要遭报应。只有他，沉浸在巨大的悲痛中，却一言不发。

没有妻子的家已经不复往日的整洁和温馨。夜里，我低低叹气，看见阳台上有红色的火星一闪一闪，过去一看，原来是他躺在摇椅上吸烟。借着白月光和烟头的一明一灭，我瞥见他年轻的、泪流满面的脸，心中一痛，把披在身上的外套轻轻给他盖上，想说点什么，张了张嘴，却终究哑然。

我忽然觉得愧对他。转身蹒跚着回卧室，黑暗中被茶几绊了一下，他像安了弹簧，一跃而起，疾步过来扶住我，责怪着："怎么这么不小心？"没有称呼，没有太多的温情，但我心中一暖——分明感到一种隐藏的关心。

黑暗中，两个男人的手无言地握在一起，他的掌心很有力。多年来，我们父子没有这么亲近过。我竟然有点辛酸和欢喜，希望今后能在他的陪伴下走过苍茫的余生。

但不久，他又离开了家，去市里打工了。我知道，如今，他再也没有回家的念头和必要了。

四

春节快到了，我一个人待在家里，孤寂而冷清。忍不住给他打了电话，想叫他带女友回来过年，他语气很冷，只说考虑一下。

腊月二十八，他回来了，我叫上他一起去买年货。上了公车，我们面对面坐在公交车前面的位置。车开了一段，后门上来一个年纪很大的老头，衣着破旧，提着麻布口袋，举步维艰。车上人多，乘务员叫大家给老人让个座，没人理会。他站了起来，抬头叫，大爷，前面来坐。

那大爷没听到，手紧紧握着车上的栏杆。他站起来，挤到后车门边，将大爷扶到了座位上。我动容地看着他，像从来都不认识一样。他依然一副淡漠的表情，仿佛什么也没发生过。

春节，他跟女友在家住了下来，然后办了结婚手续。我发现他跟她在一起从不争吵，出出进进都一起来去。他不沾酒，烟也很少抽，夜里从不晚归。他们工资不高，却存了钱帮他母亲置办了一块很好的墓地。

我突然发现，我并不了解他。一直以为他不听我的话，不听我的教育，不爱学习。而现在，他身上却显现出与我相反的品质：孝顺，正直，有爱心，负责任，脚踏实地……

而我，却变成他的反面教材，他没有一个地方像我，就连长相，也像他的母亲。我身上的所有恶习，他都没有，我身上不具备的好品质，他都有。我突然很庆幸他不听我的话，所以逐渐造就了一个跟我完全不一样的他。

他没有抛弃我，给了我机会。休息日，他会回家，吃我为他做的饭，喝我为他准备的饮料。这些事，从前我从未为他做过。哪怕一罐可乐，我也没有为他买过。虽然他还是很少跟我讲话，但他能回来，我已经很知足了。

浑浑噩噩了大半辈子，我开始醒悟，虽然有些晚。我戒了酒，跟所有的赌友都断了联系。我还把自己在厂子里的股份转让了，把钱交到了他的手上。他却没有接，面无表情地说："你自己留着吧。"

我半生的堕落，他一一看在眼里，记在心里，但他一直在那条洒满阳光的路上等我，等我找回自己，等我幡然醒悟。原来我一直想教育的他，却最终成了我下半生最好的教材。

我知道从此将会与他默默携手同行，度过一个个安然的日子。时光不饶人，岁月刚刚好，天地为我们父子，不荒不老。

载于《博爱》

父母总习惯性地有意识无意识地认为孩子会吸收自己好的一面，而又习惯性地无意识地忽视自己不好的一面，同时认为孩子也同样不会看到。却没有想到孩子早已学会了用自己的眼睛看待世界，审视父母。

我们是两条兀自流了多年的河

文 / 范泽木

骨肉之间，多一分浑厚，便多一分天性，是非上不必太明。

——黄宗义

他是我同母异父的弟弟，比我小十岁。父亲抛弃我和母亲后，母亲改嫁给了他父亲，而我则跟着外公外婆生活。他出生时，我正在草地上放牛。外婆高兴地告诉我："你当哥哥啦。"想到以后多了个亲密的玩伴，多了个同仇敌忾的人，我很高兴，当即把牛牵回牛栏。

几天后就是"五一"劳动节，我买了一辆玩具车去看弟弟。他肉嘟嘟的，闭着眼睛，不是睡觉就是钻到母亲怀里喝奶。我兴奋地抱起他，他居然哇哇大哭起来。我觉得索然无味，吃过饭就回到外婆家。

再次见到他已经是第二年寒假。母亲带他到外婆家小住。他的个头大了一些，整天咿咿呀呀地叫个不停，时而哈哈大笑，时而大声号叫。他成了十足的大吵包，见着东西就扔，一家人围着他转个不停。我对他没有什么好脸色，他要吃我碗里的馄饨，我偏不给，他要我手中的玩具，我巧妙地藏到身后。他经常被我弄得哇哇大哭。当然，他还不会记恨，过会儿又嚷着要我抱。我不耐烦地抱了一会儿，便塞回母亲怀里。

我本期待他与我"并肩作战"，不承想他整天与我"作战"。他不是拍落我夹到手的菜，就是打掉我面前的碗，或者冷不丁抓我的脸。邻居都说他吵得要命，于是我教训他也就变得理所当然。有一回我在吃西瓜，他叫我帮他拿块西瓜，我说你自己拿。他突然将我手中的西瓜拍落，随即又拿起桌上的西瓜朝我砸过来。他居然力大无比，且扔得精准无比。西瓜狠狠地击中我的左眼，我顿时眼冒金星。我火冒三丈，也拿起西瓜朝他扔去。我用力很猛，但没准备扔中他。可他却躲闪着低下头来。于是西瓜正中他鼻子。我承认确实用力过猛了，他顿时鼻血直流，哭号不止。那一次，母亲给了我一个耳光。我大吼："街坊邻居哪个不说他吵的，有这么吵的小孩吗？"母亲颤抖着说："他是你弟弟，你都这样对他，别人怎会对他好？"

我的眼泪吧嗒吧嗒地往下掉。看着滴在地上的鼻血，我想跑过去安慰他，抱抱他，但最后还是沉默着倔强地走出门口。

从那天开始，他不敢再在我面前吵闹，每次看到我都低着头。我心里堵得难受，但一直没有主动开口。

几年后，他已经是小学高年级的学生，那年他在外婆家过年。他似乎早已忘了我们互扔西瓜的事，有说有笑地跟我说着学校的事。整个寒假，他几乎遥控器不离手，津津有味地看着《喜羊羊与灰太狼》。这让我多少有些反感，一个快小学毕业的学生，怎么还对这样幼稚的动画这么热衷？更让我反感的是，他喜欢把电视的声音调到最大，震耳欲聋的声音让心脏不好的外婆心惊肉跳。我建议他调低声音，但他直勾勾地盯着电视，置若罔闻。我提醒了几次，他突然说，外婆正因为不能适应这么大的声音，所以要加强锻炼。我的眼睛几乎要冒出火来。我一把夺过他的遥控器并拎起他的衣领。

在我家看电影的邻居说："算了，不要与他计较了，他从小就不像你这样懂事。"我放下他的衣领，颓然坐下，罢了罢了，我曾经因为有了弟弟而高兴，却不想，我们居然比陌路人更不堪。

这么一想，我突然悲从中来，抬头看他，发现他正歪着脖子，拿眼斜睨我。

工作之后，我回家的时间越来越少。我没有与他通电话，也没和他见面。我很少对人说起他，我们像两条永无交汇的河流，兀自流淌。

再次见到他，他已经读初二了，并喜欢上了篮球，成天与我聊篮球。他长高了不少，自然也懂事了许多。我们肩并肩一起去逛商场，他双手插在裤袋里，步伐矫健，身上全是青春的气息。我蓦然一惊，多年前听到他降生时，我期待的便是这样的情景。我到体育用品店，给他买了个篮球。在付钱的那一刻，我突然觉得无比幸福，就像走过初春的田野。

他读初二的第二个学期，我出版了第一本书。想到他快要读初三了，便留了一本样书，写了几句鼓励的话，送给他。他一直不知道我在写作，喜出望外地接过书，饶有兴致地读起来，还说要到班里大肆宣传。

那年秋天的一个中午，我突然接到他班主任的电话。电话里说："你是维仁的哥哥吗？快来学校一趟。""怎么了，我弟弟咋了？"我大声地喊着，电话里却没有声音了。我驱车赶到他的学校，发现他正在上体育课，我松了口气。"不好意思，我的手机没电了。你弟弟的篮球由于太旧漏气了。我叫他买个新的，他说这是你送给他的，执意不肯换，也不肯用同学的。明年中考要测试篮球，现在他用这个漏气的篮球每次都只能得七八分，如果因为这影响中考，那就太可惜了。"他班主任无奈地说。弟弟抱着我送他的篮球，低着头，没有看我。我搂着他的肩膀说："走，哥带你去买个新的。"

那真是一个多事之秋。几天后，我又接到他班主任的电话，"你快来学校一趟吧，你弟弟把别人打伤了。"我顾不得向单位请假便跑到他学校。他站在办公室，脸上红一块紫一块，想必是打架的后果。我气急败坏地问他："你怎么可以打架呢？"他双手摸着裤管，一声不吭。我买了些水果，和他一起去同学家道歉。他站在同学家里，像块石头一动不动。我推了推他道："你把人家打伤了，快道歉啊。"他把我的话当成耳边风，依然一声不响。我喊道："你到底道歉不道歉？"他红着眼睛，眼眶里马上聚集了泪水。"他说你写的书是垃圾！”说完后，他可怜巴巴地抽噎着，瘦弱的肩膀频频抖动。我愣了半晌，鼻子一酸，再也说不出话。

他读高一那年秋天，我带他与他的一些同学去安顶山野炊。在山脚驻了车后，我们挑着东西上山。吃过午饭后，他的同学们回家了，我与他在山道上闲逛。不久后，空中突然乌云滚滚，厚重的雨云几乎要擦到我的额头。他带了伞，我却没有任何雨具。他夺过我挑着的炊具说：“你快跑到车上等我，我有雨伞，我来挑。”我说：“我挑，下山要不了几分钟。”他倔强地说：“没必要两个人一起淋，你快到车上等我。”他此刻像极了我，带有不容拒绝的意味。我一路飞奔，终于在大雨来临前跑上车。大雨紧接着我的脚步而来，那雨如泼似倒，使我根本看不见十米外的情形。过了十多分钟，我看到他的身影朝我移来。他皱着眉，眯着眼，挑着炊具一路小跑。雨伞像小花一样随风摇摆，他早已浑身湿透。

我突然泣不成声，眼泪如大雨蒙住车窗一般蒙着我的眼。我和弟弟，像两条河流，在历经许多曲折后终于一起奔流。

载于《阅读经典》

有一天，生命中有一个他陪我一起行走，从此，我的生命便不是孤独的。有风，有雨，有彩虹，默默相守；就像我们的左右手。

母亲的电话记录本

文 / 君燕

母爱是一种巨大的火焰。

——罗曼·罗兰

大学毕业后，他留在外面上班，每隔一个月才能回来一次。为了方便母亲和他们联系，他给母亲买了一部手机，在这个小山村，母亲该是第一个拥有手机的老年人。他手把手地教母亲使用手机，母亲认真地学着，在邻居们的羡慕和赞扬声中，母亲笑得合不拢嘴，脸上的每一条皱纹里都漾满了欢喜。

整整三天，除了睡觉，母亲一直在不停地摁手机。母亲上了年纪，教过的东西总是忘，她就把他说的都画在本子上，一个人看着本子，不厌其烦地摆弄手机。终于在他准备离开的时候，母亲打出了平生第一个电话。听着电话里儿子熟悉的声音，母亲激动得说不出话来，嗫嚅了很久，才喃喃地说："太好了，太好了，以后能随时听到儿子的声音了。"他笑着嘱咐母亲："妈，有空就给我打电话。有了电话，我就像在您身边一样。"母亲点着头，欣慰地笑着，眼睛里却闪出了泪花。

回到公司，他便投入到了新一轮的项目开发中，忙碌的工作几乎让他脚不沾地，连一丝喘息的工夫都没有。工作终于告一段落，他才发现自己已经有三个月没回家了。而这三个月，母亲竟然一个电话都没有打过！他感到很是吃惊和纳闷儿，母亲那么努力地学习用手机，不就是想着可以随时跟他打电话吗？他决定忙完手头的工作，就回去看母亲，难道母亲把使用手机的方法又忘了？

就在他收拾好东西，准备回家的时候，手机响了，是母亲的电话！他迫不及待地摁下接听键，兴奋地叫了一声："妈！"电话那头传来的却不是母亲的声音："石头，快回来，你妈突发脑溢血，快不行了！"犹如晴天霹雳，他顿时呆住了，继而不顾一切，发疯似的往家赶去。

赶到家时，母亲正虚弱地躺在床上，他扑上前轻轻喊了一声："妈。"听到他的声音，母亲微闭的双眼立刻睁开，闪出亮晶晶的光芒。"石头……石头……"母亲伸出手，轻声呼唤他的小名。"妈，我在。"他紧紧地握着母亲的双手，母亲努了努嘴，眼睛望着床头的桌子："电话，打电话……"他忙取过手机递给母亲，母亲开始艰难地摁号码，一下一下都那么用力，似乎花光了全身的力气，那一声声的按键音似在敲鼓，一下一下都敲在了他的心上。电话接通后，母亲慢慢把手机举到耳边，对着话筒努力张开了嘴巴："石头，我……我是妈妈……""嗯，妈，我是石头。"他强忍着泪，注视着母亲的双眼说道。母亲听完他的话，脸上挤出一丝微笑，头一歪，便永远地走了。

处理完母亲的后事，他握着买给母亲的手机，呆呆地坐在屋子里。他始终不明白，会用手机的母亲为什么没有给他打过一个电话。整理母亲的东西时，他看到了母亲用来记事的小本。第一页是母亲画的使用手机的方法。第二页有一行小字，终于学会打电话了，明天给儿子打一个。第三页，老王头说，新闻里报道，一个小伙子开车时接电话出车祸了。儿子在干什么呢？第四页，儿子可能在开会，打电话会不会影响他工作？第五页，儿子在吃饭吗？让他好好吃顿饭吧……

一页页翻看母亲的电话记录本，他的心里翻江倒海，原来母亲不是不愿意给他打电话，而是怕影响他，耽误他。他知道母亲深爱着他，却没有想到母亲对他的爱竟这样深沉细致浓烈！看着熟悉的小屋，捧着带着母亲体温的电话记录本，他终于肆无忌惮地大哭起来。

载于《青春期健康》

情至深处总是伤。也许母亲并不知道这样的道理，但母爱却冥冥之中指引着她不能做这样的事，不敢去做那些事。因为害怕，母爱使母亲变得战战兢兢，犹犹豫豫；一次次把思念深深咽到肚子里，深埋在心里。

八百里地尽孝心

文 / 张素燕

千万经典，孝义为先。

——《增广贤文》

明天是奶奶生日。刚接到母亲电话，说她已在回家的路上，十一点到。母亲不容我多问，就挂断电话，她怕浪费电话费。我心里咯噔一下，心都提到嗓子眼儿了。娘是怎么回来的？她是怎么买的票？坐的什么车？我的心里像敲起了小鼓，七上八下，忐忑不安。

母亲 60 多岁的人了，不听我们儿女的劝阻，硬要去北京打工。在我们不知道的情况下，娘跟着村里的一个包工头和另外几个打工者，一同坐上了北上的列车。我们都很担心。大字不识一个，又从未出过远门，且上了年纪的母亲，到那儿人生地不熟的，还得给人干活儿，能受得了那罪吗？尽管我们每天一个电话问候，但还是放心不下。我很心疼母亲，多次劝她回来，可她硬撑着说没事儿。娘走了两个多月，一直没有回来过。主要是因为没人和她做伴回来，她一个人不会买票，不敢回来。这次奶奶过生日，我们都不让娘回来，可没想到娘竟然回来了。这是第一次出远门的娘第一次自己一个人从有八百多里地远的北京回来。

车终于到站了。头发有些花白的母亲，挎着一个多年前自己做的大布包，手里拿着一个小折叠板凳。还穿着那一身朴素衣服。“娘，累吗？”看着娘风尘仆仆的样子，我心疼地问道。“不累。”娘无力地笑着说。可憔悴不堪的面容，遮不住娘的疲惫和劳累。当得知娘是坐火车回来时，我们都很震惊。去火车站买票坐车，是件很麻烦，很琐碎，很累人的事情，连我们经常出门的年轻人都发怵，何况大字不识一个，没出过远门，又上了年纪的母亲呢？她是怎么去火车站的呢？又是怎么从火车站买的票呢？在我们的再三问询下，母亲给我们讲述了她去火车站买票的经过。

她昨天早晨就从工地出发，边走边问，换乘了两辆公交车，一路颠簸来到火车站。到了火车站，人山人海，行人熙熙攘攘，每个售票口都排起了长长的队，母亲也不知该从哪儿买票，见人就问，碰着耐心的人还跟你搭个腔，但大多数人都忙着行走，理都不理。娘问了半天，才走到了售票口排队。好不容易轮着自己，售票员说只能买第二天的票，而且也快卖完了。午饭时，娘随便吃了点东西，然后就在那儿等着。在跟一个去石家庄的中年女子聊天时，她说娘坐的车有夜车，建议娘退票，重新买票。可大字不识一个的娘哪会退票啊！她问这个，问那个，不知遭了多少白眼，受了多少冷落，最后在一个好心人的带领下，退了票，还扣了 2 元钱。为了表示感谢，娘给那个人花了 12 元钱买了一袋瓜子，然后娘又去重新买票。这次买的是凌晨 4 点的车票。总算买上票了，娘长出了一口气。娘慌慌着，晚饭也没吃东西。就这样一直在大厅里等着。

“那您晚上怎么睡的？”

“哪儿还能睡呀！候车室里人满满的，连地上都横七竖八地坐满了人，都没有下脚的地儿。我就来回走着站了一宿，没睡。”可怜的母亲啊，竟然站了一宿，没睡觉。60 多岁的人了，身体哪儿能顶得住呀！还记得我上次从北京回来，坐的是晚上九点的火车。在火车上，困得不行，可睡不舒服，怎么也不得劲儿。到站时已是夜里三点，赶紧开上我们的车回家。一个小时的路程，让我承受了痛苦的煎熬，到家后，我合着眼匆匆地洗漱一下，然后就进入酣睡梦乡，一直到第二天中午一点才醒来。从那以后，我再也不坐夜车了。那个受罪劲儿，至今让我想起来都难受。

而娘的火车，竟然没座儿！得站着。我的天哪，一个60多岁的老人，一晚上没睡，从凌晨四点要站上五个小时，哪儿能受得了啊！“出门光碰见好心人。”娘感激地说。一个像我们这般大的小伙子，看娘累，就给娘买了一个小板凳，也就是娘拿回来的那个折叠小板凳，娘给他钱，他说什么也不要。善良的小伙子，我们替娘感谢你。因为你的善举，给一个从没出过远门的农村老大娘带来了方便，也给火车上的行人送去了温暖，更给她的家人带来了感动。你是我们大家学习的好榜样。娘就这样，一晚没睡，辛苦劳累地坚持了五个小时，于今天上午九点到站，然后又坐上了回我们县城的汽车。

看到娘这么辛苦，我们说：“娘，这么远，你还回来干什么，自己人又不怪你。”可母亲却说：“话可不是这么说的。你奶奶过生日，这是大事儿，不能不来的。别说是在北京，就是在国外，我也得想办法回来。”听着母亲的话，我们的眼睛湿润了。我们被母亲博大的胸怀所折服。爸爸姊妹五个，当年奶奶忙着看其他孩子，顾不上管我们。娘一个人带着四个年幼的孩子，忙得不可开交。致使当时仅有七个月的我从炕上滚到紧挨着炕的灶火上。火上坐着一锅水，我就掉进了锅里。幸好抢救及时，大难里捡回一条命。村里人都知道娘生活得艰难，没个替手的帮忙。可娘毫无怨言。娘对奶奶特别的好。有了好吃的，都要先给奶奶送去。娘还经常给奶奶买衣服。奶奶有事了，娘都是第一时间奔到前面，忙前忙后，整个一顶梁柱。

母亲困得都睁不开眼，我们劝她睡会儿，可她却急着要去看奶奶。娘给奶奶穿上她从北京买来的一套漂亮衣服，一件红底儿碎花短袖和一条灰底儿上带有大花朵的宽松裤子。奶奶穿上新衣服，更显得精神矍铄，富态体面，神采奕奕了。

“百善孝为先。”娘用她的实际行动为我们做出了很好的表率。这八百多里地不仅仅是一张火车票，不仅仅是六七个小时的车程，也不仅仅是在火车站站了一宿，更不仅仅是饱含着艰辛与困难的路途。这是一份感天动地的孝心，这是一种此时无声胜有声的语言，这是一种一切尽在不言中的亲情。

载于《散文百家》

八百里地尽孝心，平淡中浓缩了多少真情！没有惊天动地的壮举，没有可歌可泣的事迹，只有一片真心，一片深情……

母亲是世上最高贵的职业

文 / 顾晓蕊

我之所有，我之所能，都归功于我天使般的母亲。

——林肯

一

5 岁那年，我患上百日咳，整日咳喘不止。由于父亲在部队很少回来，母亲带着我四处求医看病，病情不但没有减轻，还花光了家里所有的积蓄。

我的身体本来就虚弱，再加上家里实在太穷了，每天喝能照见人影的稀粥，以至于连走路都觉得轻飘飘的。母亲想到了去县里的小煤矿拉煤，换些钱给我治病，这是母亲的第一份职业。

那天清晨，鸡叫头遍时，母亲就踩着月光出发了。她拉着一辆架子车，沿着崎岖的土路，赶往几十里外的煤矿。到那里时，已近中午，她装上一车煤就往回走。

母亲的腰弯成一张弓，拉着四五百斤重的煤车，走着走着，天就擦黑了。

途中路过一片坟场，母亲停下来，坐在旁边的田垄上歇歇脚。抬头，见绿油油的萝卜叶下面，露出一截截青萝卜。那时还是集体菜地，母亲犹豫了片刻，还是趁着月色，拔出两颗萝卜塞进煤堆。

回到家后母亲将萝卜切片熬成汤，我细细地嚼着，慢慢地品着，香气溢满嘴巴的每个角落。母亲笑着看我吃，自己却推说不饿，临睡前，我发现她消瘦的肩膀被勒出一道道血痕。

我问母亲："你的肩膀疼吗？心里害怕吗？"她温和地看着我，说："不碍事的。我以前胆子小，做了母亲，就什么都不怕了。"

母亲拉了一个月的煤，我喝了一个月的萝卜汤，再加上吃药，咳嗽竟然好了。我原本苍白的脸庞泛起几分红润，她那颗担忧的心终于放了下来。

时至今日，也说不清那种顽固性的咳嗽是怎么治好的。我查阅过资料，萝卜的确有止咳化痰的功效。但我更愿意相信，当年的萝卜汤里有一味最重要的药，叫作母爱。

二

那一年的春天，我跟随母亲来到父亲所在的部队。那是一个偏远的小岛，为了不给忙碌的父亲添麻烦，母亲到附近的绣花厂上班，挣些钱以补贴家用。

沿着石径蜿蜒而上，便到了位于山腰处的绣花厂。母亲文化程度不高，可学起绣花却很有灵气，没过多久就能绣出精美的图案。

母亲白天在厂里忙活一天，晚上还要带回来些绣件，在昏暗的灯下赶制绣品。有时我一觉醒来，看到她还在灯下一针一针地绣着，过度的操劳使她的眼睛经常肿痛。

即便如此母亲从不抱怨，她还自己设计图案，绣花织朵装饰房间。富贵吉祥的牡丹花，红艳艳的山茶花……一大朵一大朵的，开在门帘、床单、枕套上，简朴的家变得温馨起来。

母亲的言行，也无形中影响着我。记得有一次，班上有位女生穿了件粉色的裙子，宛若一朵亭亭玉立的荷花。我心里羡慕不已，故意把自己的衣服剪了个口，跟母亲说是不小心刮破的，想让她给我买件新衣裳。

母亲放下手里的活帮我缝补，在破损处绣上一朵花，这朵花不仅补了洞，还让整件衣裳都变得灵动起来。当她把衣服递给我时，说："每个人都是一朵独特的花，做自己才是最好的。"我的脸唰地一下红了。

我默默地记着母亲的话，从此不和别人比较，安心做自己，一颗浮躁的心渐渐沉静下来。在随后的几年间，我的成绩有了很大提高，最终考上了理想的大学。

后来我喜欢上写作，用文字滋养心灵，努力去绽放自己，开成一朵花的模样。如果说我的人生因此打开了一扇晴窗，那要感谢母亲，是她在我的心灵深处种下诗意的种子。

三

父亲从部队转业后，我们全家回到了内地，等一切安置妥当，母亲到一家饼屋上班。她天不亮就起床，和面，拌馅，做红豆沙馅饼。然后，挎上篮子到市场上去卖。

"卖饼啦，又甜又香的豆沙饼。"母亲扯开嗓子吆喝起来，清亮的叫卖声飘荡在空中。

平时生意还算不错，但遇到风雨天，会有些饼没卖出去。生意好时，她说今天好福气；生意不好，她说这几天有饼吃。不管遇到哪种情况，她都面带微笑，很欢喜的样子。

我拿起母亲带回来的饼，轻轻地咬上一口，香甜软糯，且回味悠长。以至于很长一段时间内，我都觉得这萦绕着幸福的味道，就是母爱的味道，是家乡的味道。

母亲还干过油漆工、售货员、仓库保管等，前些年退休后，厨房成了她的"美味工作间"。生性乐观的她不忘幽上一默："干过十余种工作都是临时工，只有母亲是我终身的‘职业’。”

这些年来，我遇到过很多不如意，有过消沉，有过迷茫。无意中看到星云大师的话：“世界一半一半，好的一半，坏的一半。一般人只能接受好的，排斥坏的，所以成就只能一半；唯有好的能接受，坏的能包容，才能拥有全面的人生。”

默读了几遍，恍然想到这看似曼妙高深的禅理，母亲其实早已了然于心。人生无论苦与乐，她都以平常心对待，知道不抱怨的人生才是完满，这是从劳动中得来的智慧。

而今，每想到她做事时专注而沉静的神态，我心里便溢满温暖的感动。母亲是世上最无私、最高贵的职业，有母亲在的地方就是家，使我不管走到哪里，都满怀依依深情。

载于《正能量·美文馆》

母亲从成为母亲那刻起便充满无穷的力量；作为一个母亲是她一生的追求和事业，无私奉献是她的职业操守。

痛极的时候，就哭吧

文 / 戈沙

青春会逝去，爱情会枯萎，友谊的绿叶也会凋零。而一个母亲内心的希望比它们都要长久。

——奥利弗·温戴尔·荷马

女儿不小心划伤了手指，尖锐锋利的裁纸刀在她左手中指上鱼鳞般地掀起一块皮肉，殷红的鲜血直往外涌，我惊恐万状，心痛不已。手忙脚乱地找来聚维酮碘、三七粉、纱布棉签和胶带，止血、消毒、包扎。孩子痛得尖叫，手在不停地颤抖，我的心被她叫得通通直跳，我的手也被她吓得瑟瑟发抖。于是带她去医院。

护士先给了半杯生理盐水，让她泡手指，目的应该是要把包在她手指上的纱布取下来。慢慢地，纱布自动从手指上脱落。护士给她清洗伤口，先后用了生理盐水、酒精，还用蘸了碘酒的棉球摁了摁那块“小鱼鳞”，边按边说道：“把手伸直，弯着干什么？”我这才注意到女儿的手指受伤后一直是弯着的，人在很痛的时候，的确是总想用劲地缩着。女儿听话地伸直了手，痛得哈着腰、张着嘴，却没有叫出声。护士自始至终都面无表情，手法娴熟、从容地操作着，该擦就擦，该按就按。我心疼地看着女儿，她眼睛亮晶晶的，但是没有流泪。然后，她就看着我笑起来。边笑边说：“妈妈，好痛啊，哈哈，比你弄得痛多了！不过，我要笑，我痛极的时候就笑，我发现这样痛得还轻些。”我托住孩子的手腕，方便护士包扎，同时对女儿不住地笑着点头，说：“对，我的宝贝最坚强。”

孩子的父亲常年奔波在石油建设工地，我们娘俩相依为命。生活中遇到困难和麻烦总是相互安慰鼓励、相互打气。

不知不觉中，护士已经给她上完灭菌药包扎好手指，或许护士听不懂我们娘俩的话，见我们娘俩在笑，她也笑了。

痛极的时候，就笑，就会好过一些。这是十岁的女儿一次意外伤害后的切肤体验，不仅仅只是道理文字上的感悟。可我有多么心焦，峣峣者易折。如果笑是因为太痛，宝贝，还是哭吧。妈妈宁愿你号啕烦扰，也不忍你心碎无痕。

载于《青春期健康》

孩子的切肤之痛是母亲的割心之痛。即便如此，母亲希望孩子能将一切痛苦向母亲诉说；母亲不忍心看到孩子痛苦，更不愿看到孩子一个人默默承受痛苦。